中国古典诗词精品赏读

王维

陈殊原 编著

五洲传播出版社

图书在版编目（CIP）数据

中国古典诗词精品赏读丛书. 王维 / 陈殊原著. --北京：五洲传播出版社，2023.1

ISBN 978-7-5085-4970-5

Ⅰ. ①中… Ⅱ. ①陈… Ⅲ. ①王维（699-759）－古典诗歌－诗歌欣赏 Ⅳ. ①I207.2

中国版本图书馆CIP数据核字(2022)第227201号

编　　著：陈殊原
图片编审：迟乃义
责任编辑：王　峰
装帧设计：宁成春

中国古典诗词精品赏读丛书

王维

出版发行：五洲传播出版社
地　　址：北京市海淀区北三环中路 31 号生产力大楼 B 座 6 层
邮　　编：100088
发行电话：010-82005927　010-82007837
网　　址：http://www.cicc.org.cn　http://www.thatsbooks.com
印　　刷：北京市房山腾龙印刷厂
版　　次：2023 年 1 月第 1 版第 1 次印刷
开　　本：720 × 965 mm　1/16
印　　张：7.5
字　　数：50 千字
定　　价：56.00 元

序

苏叔阳

我常问：我们是否应当向我们的汉字顶礼膜拜，没有它，又哪会有那些万古流芳的文章和诗词；是否应当尊崇我们古老而新鲜的哲学，没有它，那些文章和诗词怎会有亘古常青的神韵。中国历史上的文学巨匠们，灿若星辰，他们将写作提升到艺术的顶峰，将诗意锤炼成神奇的宫殿。中国是诗词的国度，只要月光下还有一个人识得汉字，就会背诵那些不朽的名句。

中国古典诗词是先贤奉献给人类珍贵的精神财富，所有的文化人都应该明白这一点。

众多伟大的诗人，写出不可胜数的杰出诗篇，于是注家蜂起。然而，领千年风骚的诗论仿佛不多，得千年仰视的诗词理论家似乎也少，虽然中国是哲学家的盛产地。我想，这或许是中世纪的中国轻视诗词歌赋的结果，就连诗仙李白、诗圣杜甫都生前寂寂，颠沛流离。贫病和流浪似乎和此一时期的诗人如影相随，有着不解之缘。

明代以后，诗论、文论渐盛，诗人们的声名和荣耀方起。李白、杜甫等渐渐升入高空，入主早应属于他们的诗人的星座。

近现代的诗论多以西方的理论和方法来论述中国的古典诗词，我总觉得有些“隔靴搔痒”。中国汉字的平仄、韵脚、对仗、意趣，与诗词关系极为密切，不谙汉字之奥秘，难以理解古典汉诗之美境。“两只黄鹂鸣翠柳，一行白鹭上青天”，“窗含西岭千秋雪，门泊东吴万里船”，这些诗句的文字之美很难译成西文；诗中的意境更难让汉字圈外的人士明白。

假如忽略了对文字修饰、遣词造句、平仄对仗、押韵、摊破之类的分析，忽略了诗词格律的研究，就无法真正了解中国的古典诗词。

假如只注重文字与技巧的探讨，轻视了对诗意和哲学的探究，就等于扼杀了中国古典诗词的灵魂。一首鲜活的具有永恒生命力的诗篇，在注家们的解析下，即成行尸走肉。这样的事例并不罕见。

大体上说，中国的古典诗论重文字、格律等技巧；而近现代的诗论又重作者生平、思想理念，对文字技巧则轻轻代过，好像给中国古典诗词穿上一件不合体的西装。恕我直言，这大约和近现代对方块汉字的误解有关。认为汉字落伍，应当走拼音化道路的观念，不久前才“过世”；汉字的简化似也有些匆忙和草率。所谓“繁体字”，应当视为“正体字”。许多诗词中的文字一经简化，就变得不知所云。我以为，印刷古典诗词还是以正体字（繁体字）为好。这只是我个人的浅见，不敢要大家一致认可。

西方许多诗人把诗的艺术、意境看得高妙无比，与生命和深邃的哲学等同。他们穷其一生，不断探讨诗的本质、诗的神髓、诗的境界；或者通达，欢乐而死，或者苦闷，抑郁而终。诗和哲学一体，古今中外皆然。只有把写诗当玩儿闹的“现代大师”，将人类最深沉的情感、最美妙的思情、最精致的书写，化为庸俗浅薄的游戏与谑闹，才不管什么哲学不哲学。

我们的先贤一定比我们活得更累，他们好像时时处处都在思考人生家国的大事，探询生命与死亡的意义。不论把生死看作欢愉还是苦难，都化作美妙的文字，刻画出他们想象的境界，感奋或感悟着一代又一代的后人，自己也在这执著的探求中走上人生的终点。杜甫是个明显的例子。他在漂泊中思索，又将漂泊看作生命不可分割的部分；他在漂泊中将律诗提升到顶峰，自己也磨砺成儒学的圣者。他是当之无愧的“诗圣”。

我以为，将整体的历史观、同时代的哲学观，与对诗人的个体研究、对作品的具体分析、对技巧的细部评述结合起来，创造出新时代的中国的诗论，是我们这个时代的文论家们应有的责任。

今人注释古典诗词，文本多多，或解释字句，或赏析作品，或研究体裁、格律，而少有从文学、哲学、艺术、历史等诸方面综合探讨名家名作的论述；以至于名家名作的历史和文化价值，尚未清晰了然。五洲传播出版社的这套《中国古典诗词精品赏读》，立意以宽广的视野，新鲜的角度，远瞻的目光，深邃的意蕴来研讨名家名篇，由此让读者感悟到中国传统文化的精华和中华民族的信念、追求。雅俗共赏是一种难以达到的境界，却也是我们追求的目标。本书编者高标戮力，旨在创造出新的诗词赏析和评价体系，其情可佩，其志可嘉，其功可待。

让我们翘首以盼，迎接这套书的出版。

目 录

王维简介

王维的大半生都生活在盛唐时代。和许多历史人物一样，他的生卒时间一直存在异说。为大多数人采纳的说法是，王维生于武后长安元年（701），与李白同年，卒于肃宗上元二年（761），终年六十一岁。

关于王维的出生地，也有争议。一说他原为太原祁人（今山西祁县），后移家于蒲州（今山西永济县）；一说他祖籍太原祁县，出生于蒲州。可以肯定的是，王维是山西人。

王维生于官宦世家。虽然父亲早丧，家世衰落，但他还是得到了良好的教育，九岁时即能吟诗作文。十五岁时，少年王维来到长安谋求功名，并常来往于长安和洛阳之间。

从家乡来到繁华的帝都，经历从未经历的异乡行游，见到从未见过的风光人物，他诗兴大发。他写长安的游侠少年，写功高无赏的老将军，写建功报国的理想，写客居异地的乡思……这些充满着青春激情和浪漫气息的诗篇，显示着一个少年的非凡才情。

少年王维的诗名迅速传扬。《旧唐书》记载了他所受到的礼遇："凡诸王驸马豪右贵势之门，无不拂席迎之，宁王、薛王待之如师友。"

开元九年（721），王维进士及第，从此走上仕途。

关于王维的应举，《集异记》中记载了一段有趣的逸事：这一年春天，王维在岐王李范的带领下来见公主。这是怎样的一个少年？"妙年洁白，风姿都美"，"风流蕴藉，语言谐戏"。他弹抚琵琶，声调哀切，满座为之动容，引得公主对他另眼相看。当他咏诵自己的诗作时，公主大惊，想不到一直被自己以为是古篇的佳作皆出于这个少年之手！于是，公主推荐二十一岁的王维做了进士解头。

这段逸事不被正史记载，未必属实。但中进士后的王维做的第一个官确实与音乐有关——太乐丞，负责管理国家的音乐舞蹈事务。

“三十老明经，五十少进士”。在唐朝，考取进士并不容易，以至于五十岁的进士都算是年少的。此时的王维刚刚二十出头，青春得志，意气风发。

然而，初入仕途的王维便碰了钉子。因为署中伶人舞黄狮子犯禁，他受牵连被贬。开元九年秋，王维离开长安，前往济州任司仓参军，一个看管粮仓的小官。

济州在今山东茌平西南，王维在那里度过了四年多的光阴。他的生活孤寂无聊，但美丽的自然风光还是吸引了他。他常在济州附近游览，并和当地的隐者贤士来往，和他们吟诗唱和。

开元十四年（726）春，王维辞去司仓参军之职，离开济州。旅途中，他被淇上的田园风光吸引，在此间住了两年。

也许是忍受不了隐居的寂寞，开元十七年（729），王维回到长安闲居。此次重返长安，他结识了诗人孟浩然。孟浩然之前来长安应试，落第后滞留长安。当孟返回襄阳时，王维作诗送别，诗云：“杜门不欲出，久与世情疏。以此为长策，劝君归旧庐。”意思是劝孟浩然回乡隐居，不必辛辛苦苦地来长安举试求官。之所以会有这样的话，是因为王维自己仕途、人生的不如意：年少高中，以为从此可大展宏图，却遭贬谪；正当青春年华，却赋闲在家，心中自然不是滋味。

开元十九年（731），王维的妻子去世，当时王维仅三十一岁。这之后，他不复续娶，独自一人度过了余生。

开元二十一年（733），张九龄上台执政，王维已经冷却的政治热情又重新燃烧了起来。一年之后的秋天，他从长安赴东都洛阳，写诗给张九龄，赞誉张“所不卖公器，动为苍生谋”，并大胆地自荐：“贱子跪自陈，可为帐下不？”

但是，王维对自己是否能得到张九龄的任用还心存疑虑。于是，在向张九龄献诗之后，他立刻前往嵩山隐居。嵩山地近洛阳，隐于此正可待机而出。

幸运再次降临，张九龄欣然接纳了他。开元二十三年（735），在张九龄荐举下，王维离开嵩山，到东都洛阳任右拾遗，为当政者提供建议。第二年随玄宗返回长安，仍任右拾遗。

然而，历史很快又转换了方向。开元二十五年（737），张九龄被贬为荆州长史，口蜜腹剑的李林甫取得了唐玄宗的信任，掌握了朝政。昔日得到张九龄重用的官员有的贬，有的死。在这场混乱中，王维的官职却反倒得到升迁，于这年秋天迁河西节度府，任监察御史兼节度判官。他保住了性命，却再次被逐出权力中心长安。

经历再一次沉重的打击，心情怎样，王维没有多说。在边塞，他似乎反倒有种兴致高涨的感觉。一望无际的大漠、奇异瑰丽的风光吸引了他，还有边疆军旅生活，也重新温热了他年少时的一腔热血。"大漠孤烟直，长河落日圆"，灵感就这样来了。在不到一年的时间里，他留下了三十多首边塞诗。

开元二十六年（738）夏，三十八岁的王维重新回到长安，继续担任监察御史。两年后，升殿中侍御史。这一年冬天，他南下出了一趟差：自长安经襄阳、郢州、夏口至岭南，主持岭南当地的官吏选拔。

途经襄阳时，王维兴冲冲地前去探访好友孟浩然。得到的消息却是孟浩然已经去世了，王维不由痛哭流涕。孟浩然比王维年长十二岁，二人不仅友情深挚，诗歌创作亦有诸多相近之处。后人将他们合称为"王孟"，并列为唐代山水田园诗派的代表。

开元二十七年（739）春，王维自岭南归长安，下半年开始在长安南郊的终南山隐居。

约在天宝三年（744），王维购得了原属初唐诗人宋之问的蓝田辋川别墅。经过一番修缮，辋川山庄成了王维远离世事、怡山乐水的清静之所。青松明月，白石清泉，古木衰柳，飞鸟夕岚，所有的一切让他陶醉痴迷。自此以后，他经常和好友裴迪一起，在这里优哉游哉，赏景赋诗。

之后，王维历任侍御史、库部员外郎、库部郎中。他不愿同流合污，但又做不到像陶渊明那样不为五斗米折腰，彻底地归隐山林，于是便以这种半官半隐的方式，在混浊的官场中保有心灵的自由。

天宝九年（750），五十岁的王维失去了母亲崔氏，此后两年时间在辋川丁忧守丧。崔氏信佛，师事一代名僧大照禅师三十余年，一生褐衣蔬食，持戒安禅，对王维影响甚深。这从王维的名字中亦可看出。王维名维，字摩诘，名、字连读便是"维摩诘"。佛经中有一部《维摩诘所说经》，其中的维摩诘，通达甚深般若智慧，是一位得到释尊称许的大居士。

丁忧服满后，王维出任吏部郎中，后任文部郎中、给事中。公余闲暇，他依然时时回到辋川，徜徉于山水田园间。

宋代魏庆之编的《诗人玉屑》评王维"秋水芙蕖，倚风自笑"，可说是对辋川时期的王维最形象、最贴切的赞美——秋水荷花，出淤泥而不染，清丽脱俗，天然美好，迎风而笑，风姿神韵，令人神往。而这一时期，也是王维诗歌创作的最高峰。《辋川集》等一系列诗作，成为中国诗歌史上的一个标志：自魏晋而兴的山水田园诗，在王维那里得到了一次全面的总结和显著的提高。

尽管王维志在山水，且醉心佛学，以避世事，但他不在世外，世人的纷扰他终究逃避不了。

天宝十四年（755），安禄山反，彻底改变大唐命运的安史之乱爆发。次年，安禄山带兵打进长安城。唐玄宗带着他的爱妃、儿孙仓皇出逃。王维扈从不及，为贼所获，虽假装生病，仍被囚禁到洛阳菩提寺。在刀剑的逼迫下，王维接受了给事中的伪职。

这一件事，令王维自己深以为耻，也让他备受后人指责。崇尚理学的宋朝人甚至认为王维人品不好，连他的诗也不要看了。而同样被叛军抓获却幸运逃脱的唐代诗人杜甫却更能理解王维，他写诗为之辩白："一病缘明主，三年独此心。"杜甫将王维比作南北朝时出使到北方被迫为官的庾信，说他们都是迫不得已而不是主动投降。

事实也确如杜甫所言。有王维《凝碧池》诗为证："万户伤心生野烟，百官何日再朝天？秋槐叶落空宫里，凝碧池头奏管弦。"安禄山占领长安后，在凝碧池大宴群臣，叫来唐玄宗的梨园子弟奏乐助兴。乐工雷海青忍不住内心愤慨，在演奏中摔碎乐器，向着玄宗的方向恸哭，结果被安禄山残杀。裴迪将此消息告诉了囚于菩提寺中的王维，王维深受感动，挥笔写下了这首诗，从中可见他当时的政治态度。

也正是这首诗，使王维在后来保得一命。至德二年（757），唐军先后收复长安、洛阳，王维和其他投降安禄山的官员被抓了起来。由于唐肃宗读过《凝碧池》，知道王维还是站在大唐一边，加之王维的弟弟王缙愿以自己的官位赎其兄之罪，王维得到赦免。

至德三年（758）春，王维复官，官职是太子中允，加集贤殿学士；很快又升为太子中庶子、中书舍人；入秋，再次被任命为给事中。上元元年（760），六十岁的王维任尚书右丞，这是他一生所得到的最高官位，人们因此又称他"王右丞"。

赦免之后，王维的官职一升再升，当时的诗人贾至、岑参、杜甫等多与他互相唱和，更有炙手可热的权臣严武与之往来。在常人看来，此时的王维仕途通达，人生得意，可实际上王维的政治热情早已消失殆尽，反而更加专注于佛学，自言“一生几许伤心事，不向空门何处销！”《旧唐书·王维传》中记载，晚年王维“在京师日饭十数名僧，以玄谈为乐。斋中无所有，惟茶铛、药臼、经案、绳床而已。退朝之后，焚香独坐，以禅诵为事”。

上元二年（761）春，王维弟弟王缙蜀州刺史的任期结束，却没有被朝廷召回。王维上表，希望削掉自己的官职，放归田里，换得王缙回京师。王氏兄弟手足情深，可见一斑。就在这年七月，王维病逝。《旧唐书》记载：“（维）临终之际，以缙在凤翔，忽索笔作别缙书，又与平生亲故作别书数幅，多敦厉朋友奉佛修心之旨，舍笔而绝。”

王维逝后被埋葬在生前最喜欢的辋川山庄中，从此与明月清风、松林山泉相伴长眠。

到唐代宗时，代宗非常喜欢王维的诗，赞王维为“天下文宗”，并令王缙将其作品整理成集。这就是流传下来的《王右丞集》，其中收录了王维的四百余篇诗歌。

盛唐时代，诗歌已众体皆备。王维于各种诗体无所不长，堪称全才。明代高棅在《唐诗品汇》中，论五、七古以王维为名家，五、七律和五绝以王维为正宗，七绝以王维为羽翼。事实上，王维所写的六言诗、杂言体乐府和楚辞体等，也莫不具有深厚的造诣。但影响最大、今存数量最多的，还是王维的五言诗，人们称其为“五言宗匠”。

王维诗歌的风格、情调，前后期有明显的不同。前期诗篇多充满豪情，富于进取，情调慷慨激昂。后期则多转向山水田园，表达闲情逸致或佛家禅理。而对后世影响最大的，还是他的山水田园诗。这些诗清淡而不单薄、自然而不粗陋，言有尽而意无穷，正代表了中国古典诗歌所追求的一种理想境界。

清人赵殿成《王右丞集笺注》云：“唐之诗家称正宗者，必推王右丞。同时比肩者如孟襄阳、韦苏州、柳柳州，未能或之先也。孟格清而薄，韦体澹而平，柳质幽而激，惟右丞通于禅理，故语无背触，甜彻中边，空外之音也，水中之影也，香之于沉实也，果之于木瓜也，酒之于建康也。使人索之于离即之间，骤然去之而不可得，盖空诸所有，而独契其宗。”

王维在诗歌艺术上的成就，与他的“博学多艺”息息相关。他精通音乐，曾为太乐丞；书法上兼长草、隶各体；绘画才能尤为特出，曾自负地说自己“宿世谬词客，前身应画师”，后人亦奉其为南宗画派之祖。

在绘画、音乐等方面所具有的深厚艺术素养，使王维比一般人更能精确、细致地捕捉到自然界的美和千变万化，在诗歌中也更讲究构图布局、设辞着色，更注意诗歌音调的和谐，从而形成了“诗中有画”、“诗中有乐”的独特风格。正是在诗情、画意、乐韵的互相渗透和生发中，王维丰富和发展了中国古典诗歌的抒情艺术。

后世多尊王维为“诗佛”，与李白“诗仙”、杜甫“诗圣”并列。受母亲影响，王维很早就开始信奉佛教。终其一生，对佛学尤其是禅宗禅法，修习践行，有着很深的领会。王维喜与僧人交游，见于他诗文之中的就有道光禅师、璿上人、道一禅师、瑗公上人、神会禅师等十余位。由于倾心南宗禅法，王维还应神会之请，为禅宗南宗六祖慧能撰写了《六祖能禅师碑铭》，成为研究慧能生平最原始的材料。王维本人也成为唐代诗人中第一个出来宣扬南宗学说的人。

诚如金人元好问所说，“诗为禅客添花锦，禅是诗家切玉刀”，王维在诗歌艺术上的成就，很大程度上得益于禅学思想的熏陶。

禅宗是一种中国化的佛教，它要求人们对一切境遇不生忧喜悲乐之情，不尘不染，心念不起。王维是一位禅者，他以禅宗的态度来对待人世的一切，所以能用安静从容的闲适心情，去观照大自然中万物的动、静、生、息，沉潜到自然的幽深之处，从而看到了浮躁的世人容易忽视的细微生灵以及难以觉察的微妙变幻。他喜欢写空山的寂静幽美、写山花的自开自落、写山林的月光日影，他喜欢用“静”、“远”、“闲”一类字样，还有“禅”、“寂”、“空”等佛家用语，这些都使他的诗有一种其他诗人难以企及的静美之形、澄明之态、寂悦之相。

而禅宗的一些修持方法，又和中国诗歌有着相通之处。诗和禅都需要敏锐的内心体验，都强调启示和象喻，都追求言外之意，所以宋代文论家严羽说：“大抵禅道惟在妙悟，诗道亦在妙悟。”王维参禅有得，自然对“妙悟”这种把握世界的方法深有体会，而将之融于诗歌，便造就了其生于象外、入于诗心，诗境与禅境合一的独到境界。

在唐开元、天宝时代，王维是当时最有名望的诗人，李白、杜甫都不及他。天宝末年殷璠编《河岳英灵集》，列王维为盛唐诗人之首，却不提李白。直到贞元、元和时，李、杜在人们心目中的地位才高于王维。出现这一现象的原因颇为复杂。但无论如何，王维的诗在整个中国古典诗歌中自成一派，影响久远。现代学者闻一多便曾说：“王维替中国诗定下了地道的中国诗的传统。”换言之，不读王维，就难以彻见中国诗歌艺术的精髓。

九月九日忆山东兄弟

独在异乡为异客，
每逢佳节倍思亲。
遥知兄弟登高处，
遍插茱萸少一人。

【题解】

王维少年早慧，九岁时便能赋诗作文。这首诗是他十七岁时的作品。

九月九日，即重阳节。维家居蒲州（今山西永济），在华山之东，所以题称"忆山东兄弟"。维兄弟共五人，维居长，诗题中的"兄弟"实指四位弟弟。少年王维曾在长安、洛阳一带游学，写这首诗时他正在长安谋取功名。

九月九日忆山东兄弟 诗意图　戴敦邦 绘

句解

独在异乡为异客，每逢佳节倍思亲

离开生于斯长于斯的故土，去到陌生的异地，总会让人感到不习惯。何况在古代社会，不同地域间的风土、人情、语言、生活习惯相差巨大，交通又极不发达，这种环境的变换会更令人难以适应，思乡之情自然也就更为浓重。

王维十五岁即离乡赴两都游学，谋求进取。对这位热衷仕进的少年而言，繁华的帝都虽然有着很大的吸引力，但毕竟是举目无亲的"异乡"。而且越是繁华热闹，在茫茫人海中的游子就越显得孤孑无亲。诗人正是深解其中滋味，所以连用两个"异"字，分量下得很足。一个"独"字，又准确地概括了诗人此时的生活状态：孤独寂寞。

平日里，因为有事可为，这种感情被淹没在来来往往的热闹中。而一到节日，众人都回家团聚，只剩下诗人无处可去，这种思乡之情就爆发出来，一发而不可抑止。

"每逢佳节倍思亲"的体验，可以说每个飘零的游子都曾有过。但在王维之前，却没有任何人用这样朴素无华而又高度概括的诗句成功地表现过。一经诗人道出，它就成了最能表现思亲感情的经典格言，传诵千古。

王维是一位敏感、深情的诗人。在直抒胸臆后，他开始猜想此时此刻的亲人们在做什么。

遥知兄弟登高处，遍插茱萸少一人

"茱萸"，一种有香气的植物。古代有重阳登高的风俗，登高时将茱萸插于头上，据说可以避灾。

诗人遥想着家中的兄弟们佩插茱萸，登上了山的高处，环顾四周，却发现少了一个人，那就是正独处异乡的自己。

如果只是一般化地描写自己身处异乡，无法和兄弟们一起在重阳日登高，无法和亲人团聚，虽然也能写出思亲之情，却会显得平直，缺乏新意与深情。高明的诗人另辟蹊径，在结尾两句一下将视野从长安拉向家乡，将焦点从自己转向亲人。

登高的兄弟们正兴致勃勃，突然发现他们的大哥并不在身边，大家的欢乐情绪顿时低落下来。而让"缺席"的诗人遗憾的，好像不是自己未能和故乡的兄弟共度佳节，反倒是兄弟们的佳节因少了自己未能圆满快乐；似乎自己"独在异乡为异客”的处境并不值得诉说，反倒是兄弟们的缺憾更需要体贴。从中可见，诗人的思亲之情是何等的深切！清人张谦宜评曰：“不说我想他，却说他想我，加一倍凄凉。”

王维的另外一首诗《相思》，叙写对朋友的思念，末两句“劝君多采撷，此物最相思”，和这两句有异曲同工之妙。

评解

古人或久宦在外，或久戍边关，或长期流离漂泊，思乡怀人之情往往极浓极重，这类诗歌因而也特别多。王维的这首小诗，与他后来那些精致优美的山水诗篇不同，写得十分直白朴素，却成为传诵千古的名篇。从这首诗诞生后，每到佳节，客居他乡的游子都会不由自主地吟诵它，用它排解心中的思乡之情。

少年行（其一）

新丰美酒斗十千，
咸阳游侠多少年。
相逢意气为君饮，
系马高楼垂柳边。

【题 解】

七绝组诗《少年行》是王维早年的作品，共四首，分咏少年游侠高楼纵饮的豪情、报国从军的壮怀、勇猛杀敌的气概和功成无赏的遭遇。各首均可独立，合起来又是一个整体。

本篇为组诗第一首，写少年游侠的日常生活。诗人精心选择了高楼纵饮这一典型场景，写出了少年游侠特有的富于诗意的生活情调和精神风貌。

少年行（其一）诗意图　萧惠珠 绘

句解

新丰美酒斗十千，咸阳游侠多少年

“新丰”，距唐朝都城长安约三十公里，以出产美酒著名，故址在今陕西临潼县东北。“斗十千”，言美酒价贵。“咸阳”，本是秦代都城，这里借指唐都城长安。

酒能助兴，所以古代诗词中常常有美酒便有豪情。一代枭雄曹操“对酒当歌”，慨叹“人生几何”，然后有“周公吐哺，天下归心”的雄心壮志；诗仙李白“斗酒十千恣欢谑”，然后豪言壮语：“天生我材必有用，千金散尽还复来”；洒脱的苏轼说“明月几时有，把酒问青天。不知天上宫阙，今夕是何年”，飘飘有凌云之气……只是，在这些豪情的背后，总是隐藏着或深或浅的悲愁。这样的酒，既是壮兴的琼浆，也是浇愁的麻药，喝来往往是酒不醉人人自醉。

而王维笔下的酒客，不是这些已经看过世事浮云、经历过起起伏伏的人，他们是一群青春正当年的少年游侠。少年不识愁滋味，他们的心就如明净的天空，还没来得及沾染一丝的哀愁，有的只是满腔的豪情、侠义，以及对未来的无限憧憬。这样的少年游侠喝起酒来，又是如何一番景致？

相逢意气为君饮，系马高楼垂柳边

简简单单的“意气”两个字，包含的内容却很丰富。杀敌卫国的激情、建功立业的渴求、重义疏财的侠义、豪纵不羁的气质，等等，都是少年游侠的共性，也都可以包含在这“意气”之中。而这一切，对少年游侠们来说，无须经过长期交往，只要相逢片刻，攀谈数语，就可以彼此倾心，一见如故。这就是所谓“相逢意气”。路逢知己，意气相投，彼此都感到一定要开怀畅饮，要为对方干上一杯又一杯。“为君饮”三个字，好似出自正在畅饮的少年游侠之口，绘声绘色，少年游侠的豪迈不羁、意气风发立刻便跃然纸上。

按照常理，接下去就该描写宴饮的场面了。然而诗人的笔却突然停住，不是继续写少侠们如何推杯换盏，如何高谈阔论，而是转向了一个不被常人注意的画面：被少年们随便安置在酒楼旁的马匹。

所谓“健儿须快马，快马须健儿”，马是侠客密不可分的伴侣。少年游侠结伴来到酒楼下，随手将马拴在旁边的柳树上。这种随意，是少年人才有的随意。他们不会考虑周全，不会小心翼翼。他们一见倾心，想到的只是如何结交朋友，根本想不到马的事。

由这一幅画面，人们自然便会联想到不在画中的，高坐于酒楼之上的少年游侠。画面中虽不见人，但酒楼上畅饮豪谈之情态，少年游侠之豪爽、重情，已由这张系马图暗示得淋漓尽致。这样的结尾，将无限的想象空间留给了读者，意在画外，诗意无限。

评 解

雕梁画柱的高楼旁，垂柳依依，绿意浓浓。高楼上，一片热闹，恣意欢乐的少年游侠慷慨激昂，把酒畅饮。骏马、华楼、绿柳、少侠，这是一幅充满浪漫和青春气息的图画，也是王维曾经非常熟悉的图画。少年时期，王维在长安求功名期间，曾有过一段游侠经历，他在后来的诗中回顾说“少年曾任侠”。正因如此，他写起这些少年游侠来，才如此得心应手，毫不费力。

唐代有不少诗人都写过少年游侠。如李白的“五陵年少金市东，银鞍白马度春风。落花踏尽游何处，笑入胡姬酒肆中”（《少年行·其二》），所写少年游侠俊朗潇洒，放荡不羁；高适的“未知肝胆向谁是，令人却忆平原君”（《邯郸少年行》），渗透着诗人自己沉沦不遇的深沉感慨。而王维笔下的少年游侠，潇洒而不放荡，慷慨而不悲凉，既有青春的浪漫色彩，又洋溢着浓郁的生活气息。

观猎

风劲角弓鸣，将军猎渭城。

草枯鹰眼疾，雪尽马蹄轻。

忽过新丰市，还归细柳营。

回看射雕处，千里暮云平。

【题解】

诗题一作《猎骑》，系王维早年的作品。

诗的内容不过是一次普通的狩猎活动，却写得激情洋溢，豪兴飞扬。

观猎 诗意图　刘大为 绘

句解

风劲角弓鸣，将军猎渭城

“角弓”，用角装饰的硬弓。“渭城”，即秦时咸阳故城，在渭水北岸。

诗人观猎，未见其人，先闻其声——强劲的北风吹过拉开的紧绷的弓弦，硬弓嗖嗖作响，发出尖锐的颤音。这个精彩的细节，立刻渲染出“马作的卢飞快，弓如霹雳弦惊”的紧张气氛，也唤起了读者的好奇心：劲风中射猎的，该是何等英雄人物？

第二句将军的出场，恰合读者的期待。诗的一二句如果颠倒顺序，便悬念全无。手持硬弓、孔武有力的将军是如何打猎的呢？

草枯鹰眼疾，雪尽马蹄轻

“草枯”，则动物无处藏身，成为猎鹰捕捉的目标；“雪尽”，则地面干燥，猎马跑起来格外轻松。“鹰眼疾”、“马蹄轻”，仅仅六个字，但猎鹰发现目标后闪电般飞扑过去、猎骑疾风般追踪而至的迅猛之势，已跃然纸上，活灵活现。呼之欲出的，是那位策马驱鹰的将军。诗人虽没有对将军进行任何正面描写，但读者都已确信无疑，他是何等勇武矫健、豪迈潇洒。

忽过新丰市，还归细柳营

“新丰市”，故址在今陕西临潼县，与渭城相距七十余里。“细柳营”，在今陕西长安县，与新丰市又相隔七十余里。相距过百里的两地，诗人轻轻松松地用“忽过”、“还归”连接起来，足见大获而归的将军驰骋之疾速，令人有瞬息千里之感。

更深一层的意味在于，“新丰市”乃当时出产美酒的盛地（王维诗便有“新丰美酒斗十千”之句），“细柳营”本是汉代名将周亚夫屯军之地，两个看似寻常的地名，实际暗喻着这位狩猎的主人公同样具有名将的潇洒与风度。

狩猎、归营，轻松快捷，仿佛是一瞬间的事，想必将军一直心情澎湃。当他回到营地，心境平静下来，情不自禁地回望远方：

回看射雕处，千里暮云平

遥看刚才狩猎的地方，已经是千里之外，夕阳西下，风定云平。

此景遥接篇首。全诗首尾不但彼此呼应，而且适成对照：当初是风起云涌，与出猎的紧张气氛相应；此时是风定云平，与猎归后喜悦满足的心境相称。一切景语皆情语，在景的变化中见情的消长，堪称妙笔。

“射雕”是一个著名的典故。据《北史 · 斛律光传》记载：斛律光打猎时，见到云中一只大鸟，射中其颈，形如车轮，旋转而下，乃是一雕，因此被人称为“射雕手”。此言“射雕”，有暗示将军臂力强、箭法高之意。

想来将军回看射雕处，必当有兴致未尽之感。那样，也许在将来的某一日，会进行另外一场同样激烈的狩猎。诗的这一结尾，遥曳生姿，饶有余味。

评解

这首诗写了一场完整的狩猎活动，没有大场面的描写，只有细节的点染。“角弓鸣”、“鹰眼疾”、“马蹄轻”三个细节将狩猎情景写得有声有色，令读者有身临其境之感。“忽过”、“还归”抓住的是将军回营途中最有代表性的动作，让读者似乎感受到了将军飞驰而过产生的风。而这些细节的共同特征，就是具有极强的张力和动感。这使诗歌充满了向上的活力，正如此时的王维，英姿勃发，青春激扬。

全诗的结构一气呵成，而又层次分明：以动景起句，渲染气氛；中间四句以飞动的意象、明快的节奏，生动逼真地展现了将军打猎、归营的情状；以静景结尾，首尾回环映照。可以说，这首诗起得奇险，收得洒脱，字字锤炼，句句得法，承接有序，一气流走。难怪清人沈德潜对其艺术手法叹为观止：“章法、句法、字法俱臻绝顶，盛唐诗中亦不多见。”（《唐诗别裁集》）

西施咏

艳色天下重，西施宁久微？
朝为越溪女，暮作吴宫妃。
贱日岂殊众，贵来方悟稀。
邀人傅脂粉，不自着罗衣。
君宠益骄态，君怜无是非。
当时浣纱伴，莫得同车归。
持谢邻家子，效颦安可希！

【题解】

这是一首以美女西施为题材的五古。创作时间应在公元753年前，一般认为是诗人早期的作品。

西施、王昭君、貂蝉、杨贵妃号称古代四大美女。《吴越春秋》和《越绝书》中都有西施的故事。据说她是春秋时期越国有名的美女，本是浙江暨南苎萝山下的浣纱女。吴越争霸，越王勾践兵败退守会稽，卧薪尝胆，谋划反攻。他采纳了大夫文种的计谋：给喜好女色的吴王夫差进献美女，使其耽于玩乐，疏于

西施咏 诗意图 陈谋 绘

政事，从而给越国进攻吴国创造机会。美丽的西施被发现，大臣范蠡将其训练三年之后，献给吴王。吴王从此为西施所惑，最终吴国被越国所灭。西施的结局，一说被越国王后嫉妒毒死，一说与范蠡同归，隐居洞庭湖。

句解

艳色天下重，西施宁久微

拥有被天下人推重的美貌，西施又怎会长久地低贱呢？然而，只要拥有“艳色”，就一定不会“久微”吗？其实未必，天下艳色被埋没的，又岂在少数。试想西施一个山间洗衣女子，即使再怎么倾城倾国，如果没有范蠡的发现、越王的首肯，又怎能登堂入室，闻名天下呢？看似肯定的开头，其实寓有深意。

朝为越溪女，暮作吴宫妃

早上还是越国溪水边的浣纱女，晚上就成了吴国宫殿里的妃子。诗人将西施数年的生活夸张地概括为一“朝”一“暮”，突出了西施地位的急剧变化。由朝至暮，时间何其短；从越溪女到吴宫妃，地位变化又何其大。这样的夸张，更显出世情、人生变化的无常。

一旦“艳色”被上层统治者所看重，越女西施便一步登天，身价百倍，世人也对西施刮目相看。诗人对此颇有感慨：

贱日岂殊众，贵来方悟稀

贫贱时的西施又哪里显得与众不同了呢？一旦显贵了，人们才发现她的美丽世间少有。西施本就美丽，却只有选作吴王妃时，才被人们看作稀世美人。诗的言外之意是：一个人有无“艳色”无关紧要，紧要的是，她是“贵”还是“贱”。贫贱时，世人不会注意到你的美；富贵了，赞美与鲜花就会纷至沓来。

美貌为世所用的西施进入吴宫后，过着怎样的生活呢？

邀人傅脂粉，不自着罗衣

胭脂水粉让人为她涂，罗衣轻纱也要人帮她穿。原来的西施为别人洗衣，宫殿里的西施衣来伸手，真是天壤之别。

君宠益骄态，君怜无是非

吴王的宠爱，使西施益发娇纵，更没有人敢说西施的是非。在君王的宠爱下，平凡朴实的浣纱女已完全变成了恃宠骄横的宫妃。诗人措辞委婉，谴责之意隐约可见。

当时浣纱伴，莫得同车归

当时与西施一起洗衣服的女伴，没有一人能与西施同坐一车嫁给君王。幸运的西施只有一个，西施的机遇可遇不可求。所以，诗人最后说：

持谢邻家子，效颦安可希

奉劝邻家的姑娘，仿效西施皱眉怎么可能与西施一样求得别人的赏识呢？“效颦”的典故出自《庄子》天运篇：西施因心痛而皱眉，她的邻居东施，一位丑陋的女子，看见西施皱眉的样子很美，便回家仿效，结果反而更难看了。

评解

诗人所处的盛唐时代，在繁华的外衣下隐藏着政治危机：奸邪小人把持朝廷大权，纨绔子弟凭着裙带关系飞黄腾达，甚至连一些斗鸡走狗之徒也得到了君王的恩宠，身价倍增，飞扬跋扈；才俊之士却屈居下层，无人赏识。王维在其诗中，曾对此作过直截了当的披露：“朱绂谁家子？无乃金张孙。骊驹从白马，出入铜龙门。问尔何功德？多承明主恩。”而“读书三十年”的儒生，却“腰下无尺组”，“一生自穷苦”。

《西施咏》取材于历史人物，借古讽今。诗人借西施“朝贱夕贵”，而浣纱同伴中仅她一人命运发生改变，悲叹人生浮沉全凭际遇的炎凉世态，抒发怀才不遇的不平与感慨；借世人只见显贵时的西施之美，表达对势利小人的嘲讽；借“朝为越溪女”的西施“暮作吴宫妃”后的骄纵，讥讽那些由于偶然机遇受到恩宠就趾高气扬、不可一世的人；借效颦的东施，劝告世人不要为了博取别人赏识而故作姿态，弄巧成拙。沈德潜在《唐诗别裁集》中评价此诗“写尽炎凉人眼界，不为题缚，乃臻斯诣”，所言颇是。

历代有无数文人墨客咏叹西施。有的认为西施是导致吴国灭亡的“祸水”；有的为西施鸣不平；有的着力于描叙西施之美。而王维的这首诗，并未就西施故事本身进行咏叹，而是借题发挥，比兴寄托，用“古事”抒“己意”，实际是一首咏怀诗。

归嵩山作

清川带长薄，车马去闲闲。
流水如有意，暮禽相与还。
荒城临古渡，落日满秋山。
迢递嵩高下，归来且闭关。

【题解】

嵩山，五岳之一的“中岳”，在今河南登封县北。开元九年（721），二十一岁的王维进士及第，步入仕途。同年即受人牵连，被贬济州。五年后辞官离开济州，后回长安闲居。此诗作于开元二十二年（734），当时王维已闲居长安五年。这年秋，他先赴洛阳，献诗中书令张九龄，希求汲引，随即归隐嵩山。一边干谒进取，一边归隐，这也是当时的常例。

归嵩山作 诗意图　苗重安 绘

句解

清川带长薄，车马去闲闲

“带”，围绕。“薄”，草木丛生之地。首句化自陆机《君子有所思行》：“曲池何湛湛，清川带华薄。”清澈的河川围绕着一片草木丛生的长长的沼泽地，归去的车马就从这里缓缓前行了。

诗人写归山，却是从川写起。车马“闲闲”，显出诗人从容的心情，似乎这次的归隐，是他生活中再平常不过的景象。诗人并不是被逼出走，落荒而逃，也不是愤然离去。正是这种从容的心境，才使诗人在出发时第一眼看到的就是河水长流、草木繁生的平和清静之景。

流水如有意，暮禽相与还

流水好像懂得“我”的心意，缓缓地流淌着，陪“我”前行；黄昏中鸟儿飞回草木茂盛的沼泽，伴“我”一道回家栖息。“流水”、“暮禽”都被拟人化了，仿佛它们也有人的感情：怕诗人路上孤单，与诗人结伴同归。

有流水和鸟儿的陪伴，诗人悠然自得。但归途漫漫，仍不免孤单。渐渐地，他的心绪开始低沉，这时的他看到：

荒城临古渡，落日满秋山

荒凉的城池临靠着古老的渡口，落日的余晖洒满了秋天的山林。诗人缓缓而行，沿着清川，经过荒城、古渡，在夕阳西下时来到了秋意浓浓的嵩山。归途中会遇到很多东西，诗人独独选择了荒城、古渡、落日、秋山这些充满凄凉色彩的景物。一切景语皆情语，当归隐之地嵩山渐渐就在眼前，诗人心中开始生出一股抑制不住的悲凉。

虽然决意归隐，但终究是失望而归，失落而归。回顾王维前三十多年的经历，并不得意。虽少年得志，却屡经曲折；人近中年，却青春赋闲。曾经的豪情壮志，如今的黯然收场，怎么不叫人心生悲凉？王维之前也曾在诗里劝慰友人孟浩然归居田园：“以此为长策，劝君归旧庐。醉歌田舍酒，笑读古人书。好是一生事，无劳献子虚。”（《送孟六归襄阳》）但对于王维这样一个想象着“济人然后拂衣去，肯作徒尔一男儿”（《不遇咏》）的人而言，再怎么平抑心情，也无法全然超脱地面对这次的归隐。

然而，诗人已经到了嵩山，心情不再平静的他到底该如何是好？

迢递嵩高下，归来且闭关

“迢递”，形容山高远的样子。“闭关”，闭门。隐居的家在高高的嵩山下，如今回来了，就关上门吧。闭门既是谢客，更是要让自己静心独处，不问世事。诗人的情绪在这时又趋向平和，他说服自己，相信着嵩山将能还给他一片宁静的内心。

事实上，王维隐居嵩山的时间并不长。次年，他即在张九龄的荐举下出任右拾遗，结束了这次短暂的隐居生活。

评 解

这首诗写得很有层次。随着诗人的描述，既可以领略到归途中的景色变幻，也能隐约感觉到诗人感情的变化：由安详从容，到悠然自得，到孤单悲凉，到平静淡泊。这说明诗人的此番归隐，既有心向往之，闲适怡然的一面，又有郁郁不平，无可奈何的一面。

《唐诗品汇》将王维的五律列为正宗，并在收录此诗时引述了元人方回的评语：“闲适之趣，淡薄之味，不求工而自工者，此也。”全诗质朴清新，自然天成。尤其是中间两联，三四句移情于物，意象疏朗，五六句寄情于景，感情浓郁。诗人随意写来，不见斧凿之迹，却得精巧蕴藉之妙。

使至塞上

单车欲问边，属国过居延。
征蓬出汉塞，归雁入胡天。
大漠孤烟直，长河落日圆。
萧关逢候骑，都护在燕然。

【题解】

开元二十五年(737)，王维被任命以监察御史身份出使河西边塞查访军情。而在此前，有贤相之称的张九龄已被贬为荆州长史。王维系张九龄任用的官员，在这次权利斗争中他虽然幸运地保住了性命，却被排挤出了长安朝廷。这首诗即作于赴河西边塞途中。

使至塞上 诗意图 纪清远 绘

句解

单车欲问边，属国过居延

“单车”，一说为使者的代词，语出汉代李陵《答苏武书》“以单车之使，适万乘之虏”，这里指代诗人自己；一说指出使的车仗简单，随从不多，轻车简从之义。“问”，慰问。“属国”，一说为附属之国，“属国过居延”即“过居延属国”的倒装，是为了和音律而调整了词序；一说为汉代官名“典属国”的简称，其职事是掌管归附的少数民族，此处同样代指诗人自己。“过”，一说为经过，一说为探访、探望。“居延”，古地名，东汉时为张掖属国都尉治所，故城在今内蒙古额济纳旗东南。

尽管存在多种不同的解释，但很明显，诗歌的前两句是直接点题，交代了此行的目的。

征蓬出汉塞，归雁入胡天

“蓬”，即蓬草，其株凋后颇脆，遇风飞散，飘转无定。“胡天”，古代中原人泛称北方和西方的少数民族为“胡”。

早年的王维曾对边疆生活充满热情，这从他的《燕支行》、《少年行》等诗中可以看出。而此刻当他真正来到边塞，昔日的豪情却消褪了很多。他以蓬草和大雁自比，蓬草随风而散，是漂泊的象征，大雁意象也总是和离别、思乡之情联系在一起，这些都暗喻着他内心的孤独、抑郁。

从长安到边塞，万里行程，诗人只用了十个字轻轻带过。或许这是因为他没有心情去欣赏沿途的风景。但当诗人一进入“胡天”，奇异的边塞风光立刻深深吸引了他。

大漠孤烟直，长河落日圆

“孤烟”，一般认为是烽烟，但也有人理解为烟沙，即大漠上旋风卷起的尘柱，这里取前一种解释。“河”，一般认为指黄河。

边塞迥异的风景，让初次领略它的诗人变得意兴勃发。他挥笔写下了这雄壮的景致：一望无际的大漠上，一股烽烟直冲霄汉；长长的河流静静地躺在沙漠中，河上一轮落日冉冉西下，显得分外的圆和大。

诗人写景，极善于抓住景物的特征。边疆沙漠，浩瀚无边，所以用一“大”字。边塞荒凉，烽火台燃起的那一股浓烟就显得格外醒目，因此称为“孤烟”。古代边塞烽火台常用狼粪烧烟，狼烟容易聚集，且能笔直上升，即使风吹也不会倾斜。用一“直”字，既形象地描摹出了边塞烽烟的特点，又为其平添了一种劲拔、坚毅之感。沙漠上没有山峦林木，那横贯其间的黄河，就非用一个“长”字来形容才算准确。落日本来容易给人以感伤的印象，用一“圆”字，让人在感觉苍茫之外，又感受到几分温暖。

《红楼梦》第四十八回香菱学诗时曾说：“我看《塞上》一首，内一联云‘大漠孤烟直，长河落日圆’，想来烟如何直？日自然是圆的。这‘直’字似无理，‘圆’字似太俗。合上书一想，倒像是见了这景似的。要说再找两个字换这两个，竟再找不出两个字来……诗的好处，有口里说不出来的意思，想去却是逼真的；又似乎无理的，想去竟是有理有情的。”曹雪芹借香菱之口，对王维的这两句诗抒发了“一字不易”的赞叹。

不仅这几个字用得妙，十个字组合起来，更是一幅天成的画卷：平躺的大漠、垂直的孤烟、长长的河水、浑圆的落日，丰富的几何图形构成了极具层次的画面空间；大漠苍黄、孤烟幽蓝、长河波光粼粼、落日霞光满天，互相辉映的颜色，使画面绚丽多彩。这幅沙漠夕阳晚照图，画面开阔，意境雄浑，著名学者王国维赞之为“千古壮观”，一点也不为过。

萧关逢候骑，都护在燕然

“萧关”，古关名，故址在今宁夏固原市东南，为自关中通往塞北的交通要冲。“候骑”，骑马的侦察兵。“都护”，唐代在边疆设置都护府，都护府的长官为都护，这里指河西节度使。“燕然”，即杭爱山，在今蒙古人民共和国境内。

诗人进入边塞，一路前行，却始终未见人迹。直到到了萧关，路遇侦察兵，才得知将领正率着士兵在更远的燕然山作战呢。看来诗人还得继续前行。独行万里，孤独压抑的心情刚刚在大自然壮丽的景色中得到了一点点温暖，在之后的行程中诗人又会遇到什么呢？全诗到此戛然而止，留给读者的，是巨大的想象空间。

评解

这是一首边塞诗。盛唐时期的边塞诗大多词采飞扬，气势磅礴，留下了许多脍炙人口的佳句。如“忽如一夜春风来，千树万树梨花开”、“黄河远上白云间，一片孤城万仞山”、“醉卧沙场君莫笑，古来征战几人回”、“黄沙百战穿金甲，不破楼兰终不还”，等等。诗人们把盛唐的恢宏气象融汇到边塞诗作中，千载之下，这些作品依然有虎虎生气，撼人心魄。

王维的这首诗虽然略带悲凉，但“大漠孤烟直，长河落日圆”的雄奇壮阔，还是极富盛唐风采。因此，这两句诗千古传诵，而知道全诗的人却不多。

陇头吟

长安少年游侠客，夜上戍楼看太白。
陇头明月迥临关，陇上行人夜吹笛。
关西老将不胜愁，驻马听之双泪流。
身经大小百余战，麾下偏裨万户侯。
苏武才为典属国，节旄落尽海西头。

【题解】

“陇头吟”，汉代乐府曲辞名。陇头，指陇山一带，大致在今陕西陇县到甘肃清水县一带。

开元二十五年（737），河西节度使副大使崔希逸战胜吐蕃，唐玄宗命王维以监察御史的身份到边疆查访军情。长期生活在繁华都市的王维见到了奇异的边疆风光，感受到了艰苦的军中生活，诗情勃发，留下许多优秀的边塞诗。本诗即是其中一首。诗题一作《边情》。

陇头吟 诗意图　易洪斌 绘

句解

长安少年游侠客，夜上戍楼看太白

“太白”，即金星，古人认为它主兵象，可以根据它的变化预测战事。都城长安的游侠少年一到边疆，便登上边防城楼，夜观太白星象。如此急切的心情，表现了他渴望建功立业、跃跃欲试的豪情壮志。那么，今夜星象如何呢？诗人没有回答，笔锋一转，从踌躇满志的少年转到了月照陇山的远景。

陇头明月迥临关，陇上行人夜吹笛

陇山的月亮高高地照在陇关上，明亮而又遥远，边防士卒们在这样的夜里吹着笛子。凄清的月夜，荒凉的边塞，此情此景下的笛声，呜咽的是哀怨，是愁绪，是思念。十五从军的惜别，老大难回的哀痛，更有那铁马裹尸的刻骨离恨，都在冷月清辉下的笛声中一一重现。“羌笛何须怨杨柳，春风不度玉门关”，和王维同时代的王之涣的边塞诗里也有笛声。笛，大概是最能寄托征人情怀之物吧。

在长安少年的幻想里，边疆是意气勃发、恣意驰骋的舞台，而现实中，戍边战士只能在哀回的笛声中默默吞咽自己的孤独痛楚：两者的差距何等悬殊。在这样的对比中，主人公——久经沙场的老将军出场了。

关西老将不胜愁，驻马听之双泪流

驻守关西的老将在这样的夜里再也压抑不住满腹的忧愁，他停下马，听着笛声，双泪纵横。人们常言“男儿有泪不轻弹”，何况是英武一世的老将军。一片笛声为何如此打动老将军的心？他究竟听到了什么，想到了什么？

身经大小百余战，麾下偏裨万户侯

“万户侯”，拥有一万户属民的诸侯，这里泛指爵位。经历大大小小一百多场战斗，立下累累战功，手下的百官副将都已封侯封爵，而老将军自己呢？他还在边塞，在冷清的月夜里驰马奔向没有尽头的远方。他闻笛驻马，泪流满面，这当中包含了多少委屈，多少辛酸。他为什么会受到如此不公平的遭遇？诗人没有明言，只引用了苏武的典故：

苏武才为典属国，节旄落尽海西头

苏武（？ －前60），西汉武帝时派到匈奴的使节。他被匈奴扣押了十九年。在这十九年里，他握着使节棒在贝加尔湖边放羊，风餐露宿，并时常受到匈奴人的威胁，却依然对汉室忠心耿耿，最后发须尽白，才回到了汉廷。

出使匈奴的苏武坚贞不屈，在海西头呆到使节棒上的旄毛都落光了才回来，也只被封了个“典属国”这样的小小官职。“典属国”，汉代官名，其职事是掌管归附的少数民族。

诗人提起苏武，似乎是在安慰关西老将，历经苦难的苏武尚且如此，你又何必过于悲伤呢？实际上，诗人将关西老将与苏武类比，恰恰说明了关西老将的遭遇不是偶然的、个别的。功大赏小，功小赏大，朝廷不公，历来如此。如此一来，深化了主题，也使诗歌有了更广泛的社会意义。

评 解

“昔听陇头吟，平居已流涕”，以“陇头吟”为题的诗歌，能让人听来泪流。这首诗正是如此，悲凉郁愤，撼人心弦。

在这十句诗中，诗人把长安少年、陇上行人、关西老将三种不同类型的人物，戍楼观星、月夜吹笛、驻马流泪三个不同的生活场景，巧妙地集中在一起，自然而然地形成了鲜明的对照。这很容易让读者联想到，今天的长安少年，怎知不是明天的陇上行人，后日的关西老将？而今日的关西老将，又怎知不是昨日的陇上行人，前日的长安少年呢？诗旨意味深长，发人深省。

王维的这首《陇头吟》，后被南宋诗人陆游在其名篇《关山月》中有创造性地借鉴。陆诗写了同一片关山月之下，将军、士兵、遗民的不同境遇和心情：将军在月下听歌赏曲，寻欢作乐；士兵在月下吹笛泄愁，思念亲人；遗民对月流泪，心系故国。《陇头吟》和《关山月》就如两首遥相呼应的边关曲，一样的悲伤动人。

汉江临泛

楚塞三湘接，荆门九派通。
江流天地外，山色有无中。
郡邑浮前浦，波澜动远空。
襄阳好风日，留醉与山翁。

【题解】

开元二十六年（738），王维自河西塞外返回长安。二十八年（740），升为殿中侍御史。当年秋冬之际，“知南选”，赴岭南主持当地官吏选拔。他途经襄阳（今湖北襄樊），泛舟汉江，写下了这首诗。汉江，又称汉水，是长江最大的支流。诗题一作《汉江临眺》。

汉江临泛 诗意图　胡宝利 绘

句解

楚塞三湘接，荆门九派通

春秋战国时期，湖北、湖南等地都属于楚国，而襄阳位于楚之北境，所以这里称“楚塞”。“三湘”，一说湘水合漓水为漓湘，合蒸水为蒸湘，合潇水为潇湘，合称三湘；一说为湖南的湘潭、湘阴、湘乡。古诗文中，三湘一般泛称今洞庭湖南北、湘江一带。“荆门”，山名，在今湖北宜都县西北。“九派”，指长江的九条支流，相传大禹治水，开凿江流，使九派相通。

诗人泛舟江上，纵目远望，看到汉江浩荡，浮想翩翩，挥笔写出汉江横亘楚塞，通三湘，穿荆门，连九派的磅礴之势。试想，人行于江上，纵极目长望，所见终究有限。王维的高明在于，他一开始就超脱于具体的景观之外，改从大处着笔，将相隔千里之地，纳入一览之中。起句气势非凡，为全诗奠下了雄壮的基调。

诗人首先铺展出广阔无垠的楚地，以之为画幅背景，接着，他又以可望不可及的远景构图，将人带入迷离恍惚的山光水色中。

江流天地外，山色有无中

汉江滔滔远去，好像一直涌流到天地之外；两岸重重青山，迷迷蒙蒙，时明时暗，若有若无。江流不断，一直伸向远方，船行中看见两岸山峦，有的近而明，有的远而暗，不断推移变幻。我们的眼前似乎也随之展开了一幅山水画卷：江流浩渺，无边无际，山色迷蒙，连绵不断。虽只有淡淡几笔的勾勒、渲染，却是气韵生动。这恰如苏轼所评，王维诗“诗中有画”。明王世贞也评曰：“江流天地外，山色有无中，是诗家俊语，却入画三昧。”而“天地外”、“有无中”，又为诗歌平添了一种迷茫、玄远、无可穷尽的意境，所谓“含不尽之意见于言外”。

这两句诗被传为千古佳句，后世诗人多有仿效、借用。如唐权德舆的“山岫有无中，片帆烟水上”，宋欧阳修的“平山栏槛倚晴空，山色有无中”。

随后，诗人将笔墨从远景收回，转写眼前波澜壮阔之景。

郡邑浮前浦，波澜动远空

正当诗人极目远望，突然间风起浪涌，所乘之舟上下波动，眼前的襄阳城郭也随着波浪在江水中浮浮沉沉。风越来越大，波涛越来越汹涌，浪拍云天，船身颠簸，仿佛天空也为之摇荡起来。风浪之前，船儿是平缓地在江面行驶，城郭是静止地立于岸边，远空是不动地悬于天际；风浪忽至，一切都动了起来。一“浮”一“动”，两个动词下得极妙，使笔下之景生活起来，诗也随之飘逸起来。自然，这一切都只是错觉，是由于船在波浪中上下起伏，人的视线不停起落升降的缘故。诗人巧妙地借用这种错觉，进一步渲染出了汉江水势的磅礴。

此时的诗人，或许早已进入了神与物游的境界吧。果然，他沉浸其中，乐不思归了。

襄阳好风日，留醉与山翁

“山翁”，即晋代山简，竹林七贤中山涛之子。据《晋书·山简传》，他曾任征南将军，镇守襄阳。当地习氏有一园林，风景很好，山简常去那里饮酒游乐，大醉方归。

尾联诗人直抒胸臆，言襄阳风光如此美好，欲留下来与山简共谋一醉，表达了留恋山水的志趣。

评 解

沈德潜《唐诗别裁集》曰：“右丞五言律有两种，一种以清远胜，如‘行到水穷处，坐看云起时’是也；一种以雄浑胜，如‘天官动将星，汉地柳条青’是也。当分别观之。”这首诗属于后者，气象博大，意境高旷，所表现的美是壮美。

全诗犹如一巨幅水墨山水。首联写众水交流，密不间发；颔联开阔空白，疏可走马；颈联由远而近，远近相映，笔墨酣畅；尾联直抒胸臆，可比作画上题字。王维同时代的殷璠在《河岳英灵集》中说：“维诗词秀调雅，意新理惬，在泉为珠，着壁成绘。”此诗很能体现这一特色。

送沈子福归江东

杨柳渡头行客稀，
罟师荡桨向临圻。
惟有相思似春色，
江南江北送君归。

【题 解】

沈子福，其人不详。江东，长江下游以东地区。

从诗题和诗句看，这首诗似乎是诗人在长江上游送沈子福顺流而下归江东之作。故一般认为此诗作于王维“知南选”途经长江流域时，时间约在开元二十八年（740），与《汉江临泛》大致同时。

送沈子福归江东 诗意图　张纯桂 绘

句解

杨柳渡头行客稀，罟师荡桨向临圻

“罟师”，渔人，这里借指船夫。“临圻”，地名。长满杨柳的渡头，行人稀少，船夫划着桨向临圻驶去。

诗的开篇直接入题，描写送别情形。江边渡头，杨柳依依。这虽是随手写眼中现成之景，景中却蕴含深情：“柳”与“留”同音，古人有折柳送行的习俗，表示不忍离别，希望远行的人留下来。但分别终究是不可避免的，此时友人乘坐的船只已经起航。

刚才还很热闹的渡头，一下变得行客稀少，冷冷清清。惟有诗人自己，仍然立在那里，目送着友人渐渐远去。他的脑海里，或许在重温刚才与友人依依话别的情景，或许想起了之前和友人交往的点点滴滴。但这一切，都只能是追忆了。眼前只见友人所乘的船顺水而下，离自己越来越远。

李白《黄鹤楼送孟浩然之广陵》诗中也有目送友人乘舟而去的情形：“孤帆远影碧空尽，惟见长江天际流。”李白站在高高的黄鹤楼上，远眺孤舟，写的是远景。而王维捕捉的是船夫荡桨的细节，写的是近景。同样写送行，李白之潇洒与王维之细腻，可见一斑。

船儿渐行渐远，友人的身影也越来越模糊。只要再过一会儿，他们就将消失在诗人的视线之外。而这一别，又不知何时才能重新相逢。想到这些，诗人的心中难免有些怅惘。

惟有相思似春色，江南江北送君归

望着大江南北两岸桃红柳绿，芳草萋萋，春色漫漫，诗人忽发奇想：“我”心中的相思之情，也像这无处不在的春色，一直跟随着“你”归去。内心的无限别情，眼前的无边春色，两样似乎不可能有丝毫联系的事物，就这样被诗人完全交融到了一起。

这是多么美丽的想象，多么蕴藉而深厚的感情！诗人似乎在对友人说：你在江上走，江南江北的春色包围着你；我的牵挂、友谊也和这春色一样，时时刻刻包围着你，陪你一路前行。春满江南江北，情亦满江南江北。不必特意写离愁别苦，别情已经充盈了满篇。更巧的是，自然之景与深挚之情妙合无间，耐人寻味。

诗的最后两句，历来备受人们称赏。五代牛希济的词《生查子》有这样两句："记得绿罗裙，处处怜芳草。"采用的就是类似的思路和手法。词中少妇对即将远行的人切切叮咛：记住我的绿罗裙吧，你无论到哪里，那里的芳草都呈显着我的裙色，都凝结着我对你的相思，你要怜惜它们啊！这两首诗相比，含蓄的表达方式一致，但感情一奔放一低徊，风格一浑成一婉约，各具魅力。

评解

这首诗将叙事、写景、抒情融为一体，感情真挚，语言明快，风格清丽，是王维的代表作之一。尤其最后两句，想象奇妙，余音袅袅。清人马位《秋窗随笔》评曰："最爱王摩诘'惟有相思似春色，江南江北送君归'之句，一往情深。"

终南别业

中岁颇好道，晚家南山陲。
兴来每独往，胜事空自知。
行到水穷处，坐看云起时。
偶然值林叟，谈笑无还期。

【题解】

开元二十九年（741）初，王维完成“知南选”任务，从岭南回长安，下半年开始在长安南郊的终南山隐居，本诗即是时所作。此前王维亦曾在淇上、嵩山等地有过归隐生活。

终南山，在陕西西安市南，秦岭山脉的一段，又称“中南山”、“太乙山”、“南山”。唐代王室崇奉道教，而终南山与道教素有渊源，加之它距离京都不远，往来方便，吸引了不少文人士子在此流连、隐居。他们中少有真修道养性者，大多是以退为进，想藉此向朝廷表露自己，走一条“终南捷径”。而此次王维归隐终南，则是真正意义上的归隐，与那些试图走“终南捷径”者完全不同。

终南别业 诗意图 马泉 绘

句解

中岁颇好道，晚家南山陲

“道”，佛家道理。诗人说自己中年以后即厌倦尘俗，信奉佛教。其实，王维一生事佛，只因中年以后看透世事，这种倾向更为明显。《旧唐书·王维传》中记载：“维弟兄俱奉佛，居常蔬食，不茹荤血，晚年长斋，不衣文彩……在京师日饭十数名僧，以玄谈为乐。斋中无所有，惟茶铛、药臼、经案、绳床而已。退朝之后，焚香独坐，以禅诵为事。”这是诗人醉心佛教的绝好注脚。

诗人此番归隐终南山，自言“晚家南山陲”。事实上，此时的诗人刚过四十而已。虽说古人寿命不比今人，所谓人生七十古来稀，但四十也只是不惑之年，谈不上晚景。真正进入暮年的，不是诗人的身体，而是他的心境。经历了人生的起起沉沉后，王维开始厌倦尘俗事务，而佛教的空观，更使他看破世事，任遇随缘，与世无争。

有着这样心境的诗人，在终南山中如鱼得水，悠然自得。

兴来每独往，胜事空自知

兴致一来，就独往山中，信步而行，山中美丽的景色只有他一人欣赏。诗人随兴而动，只身独游，赏景怡情，自得其乐，随处若有所得，不求人知，自己心会其趣而已。独来独往有自得之乐，但或者也还有些许的寂寞悲哀。满山的美景，却只有一人欣赏，连这山也难免会感到寂寞吧，更何况独行山中的人呢。想到这里，诗人不免心头掠过一丝波澜。

然而，这一切又有何妨？继续前行，诗人很快就恢复了宁静。

行到水穷处，坐看云起时

诗人顺着水流而行，不知不觉，就到了流水尽头，看来是无路可走了。是退身而返，还是继续寻求新路？诗人没有犹豫，他只是索性就地坐下，看山中白云悠悠升起。

宋《宣和画谱》云：“‘行到水穷处，坐看云起时’及‘白云回望合，青霭入看无’之类，以其句法，皆所画也。”其实，这两句诗的妙处，还不在于“诗中有画”。陶渊明诗言“云无心以出岫”，云给人的感觉就是无心、自在而闲散。在佛家眼里，白云的舒卷自如、任意飘荡、无所阻碍，正是所谓的“不住心”、“无常心”，是淡泊无机、安详自足的象征。行至水穷之处的诗人，并没有丝毫的怅惘，而是随遇而安，坐下静观云起。面对悠悠白云，诗人的心境也同它们一道，空无挂碍，悠闲自在地随处飘游。这样的境界，不正是最自然、最和谐的吗？

不惟如此，人们还从这两句诗中悟出了“禅”机。近人俞陛云《诗境浅说》言：“行至水穷，若已到尽头，而又看云起，见妙境之无穷。可悟处世事变之无穷，求学之义理亦无穷。此二句有一片化机之妙。”还有人理解为，水穷处意喻着人生的绝境，但既有云，即预示着有雨，也预示着新的希望。所谓“言有尽而意无穷”，真正的好诗便是如此，提供给人的是丰富甚至无限的空间。

正当诗人神与物游，物我两忘之时——

偶然值林叟，谈笑无还期

偶然遇到了山林中的老人，便与他谈笑起来，忘了归期。这又可见诗人的随缘自适。其实不止遇见林叟是偶然，出游本就是乘兴而为，带有偶然性；“行到水穷处”是偶然；恰能看到“云起时”又是偶然。正因处处偶然，所以处处都是“无心的遇合”，这更显出诗人心中的悠闲，如行云流水，无拘无束，无牵无挂。

评解

宋代严羽在其诗歌评论专集《沧浪诗话》中称赞盛唐诗“惟在兴趣，羚羊挂角，无迹可求，故其妙处，透彻玲珑，不可凑泊，如空中之音，相中之色，水中之月，镜中之象，言有尽而意无穷。”王维这首《终南别业》正是很好的例子。

全诗写景、述情皆似信手拈来，毫不着力，可谓平淡、自然之至。然而这种“淡”，并非淡而无味，而是淡而浓，淡而远。所以元人方回称赞此诗“有一唱三叹不可穷之妙”，清人纪昀也说：“此诗之妙，由绚烂之极归于平淡。”

“行到水穷处，坐看云起时”一联历受推崇。王维诗中多有这种充满禅意的诗境。与后来宋诗中的哲理诗不同，王维从不直接说理，而总是让人在不知不觉间神游其禅境，体悟其意蕴，味道淡易，却百读不厌。

终南山

太乙近天都，连山接海隅。
白云回望合，青霭入看无。
分野中峰变，阴晴众壑殊。
欲投人处宿，隔水问樵夫。

【题解】

此诗作于开元二十九年（741）至天宝元年（742）王维隐居终南山期间。

王维对终南山并不陌生。青年时代，他曾经常前往终南山，去唐玄宗之妹玉真公主的别馆做客。而此次的隐居生活，让他对终南山又有了新的感受。

终南山 诗意图　张纯桂 绘

句解

太乙近天都，连山接海隅

“太乙”，终南山的别称。“天都”，一说指帝都长安，一说指传说中天上玉帝所居住的地方。按第一种理解，诗开篇两句言终南山靠近长安，山峰连绵不绝，一直向东延伸到海边。按第二种理解，则是先极写终南山之高，再极写终南山之广。

无论作上述何种解释，可以肯定的是，诗人是先从大处着笔，勾画出终南山的总轮廓。这个总轮廓只能得之于遥眺，而不能得之于逼视。所以，这两句是写远景，写诗人遥望之所见。终南山西起甘肃天水，东止河南陕县，远远未到海边。说它“接海隅”，当然是艺术夸张。然而遥望终南，山势绵延，西边望不到头，东边望不到尾，人们很自然地会想象它一直铺展到大海边上。因而说它“接海隅”，正是以夸张写真实。

如果将第一句理解为写终南山之高，那么“近天都”也同样是以夸张写真实。终南虽高，去天甚遥，但从平地遥望，其顶峰高耸入云，的确会让人感觉与天相接。

遥望终南，气势恢宏；进入终南山后，又会见到怎样的景色呢？

白云回望合，青霭入看无

诗人由远而近，进入终南山。此时，白云迷漫，一切都笼罩在云中，人也仿佛正浮游于白云之中。一路行去，白云分向两边，似乎自动地要为人让出眼前的山路；驻足回首，分向两边的白云又合拢来，汇成茫茫云海，将身后的路封住。这种奇妙的境界，有游山经验的人都不陌生，而除了王维，又有谁能够只用五个字就将其表现得如此真切？

山中云雾迷漫，诗人走出茫茫云海，前面又是蒙蒙青霭。青霭是蓝色的烟雾。朦胧的轻烟在诗人的面前若隐若现，诱惑着诗人的眼，仿佛只要再向前一步，就可以摸着那青霭了。然而走了进去，却摸不着，看不见，无影无踪。

山无云烟，如春无花草。诗人独具匠心，把终南山的美景都藏在云烟之中，给人留下了无比广阔的想象空间。山高始有云，林深方有烟。白云、青霭告诉人们，终南山何其高峻，山中林木何其郁郁苍苍。而千岩万壑、苍松古柏、怪石清泉、奇花异草，终南山的一切都笼罩在茫茫白云、蒙蒙青霭之中，更令人心驰神往，更急于进一步“入看”。缓缓而上，且行且止，因为仍然留恋着已经看过的美景，所以不能不“回望”。可在白云、青霭之下，刚才呈现于眉睫之前的景物或笼以青纱，或裹以冰绡，由清晰而朦胧，由朦胧而隐没，却更令人回味无穷。这一切，诗人没有明说，而是用简单的十个字“画”了出来。

穿过云海，走过青霭，诗人终于登上了终南山主峰峰顶。

分野中峰变，阴晴众壑殊

“分野”，古人以天上的二十八星宿对应地上的州国区域，称为分野。“中峰”，指终南山主峰太乙峰。终南山从北到南十分广阔，中峰两侧虽只有一峰之隔，却属于不同的州域。

诗人立于中峰山顶，纵目四望。四周群峰罗列，阳光透过云霭照射下来，由于众峰高低、方位不同，显得或明或暗，或浓或淡，或有或无，千形万态。随着阳光照射角度的不断变化，更是明暗显晦，瞬息变幻，气象万千。

诗人尽情欣赏着终南山的风光，不觉间已到黄昏。

欲投人处宿，隔水问樵夫

也许是诗人流连于山中美景，误了下山，不得不留宿山中；也许是诗人兴致未尽，欲留宿山中，明日再游。但山高林深，人迹罕至，诗人四处寻找，终于，听到了樵夫砍柴的声音。诗人寻声辨向，发现了山涧那边的樵夫。于是，隔着山涧，诗人大声询问，樵夫口答手指。在诗的最后，诗人为无声的画面增添了樵夫砍柴的丁丁声、山涧流水的潺潺声，还有一问一答的唱和声，可谓画龙点睛之笔。

评解

在这首诗中，王维就像一位优秀的导演，制作出了最美丽的终南山风景片。片中有远景，有近景；有全景，有特写；有画面，有音乐。然而他只用了四十个字。“以少总多”、“意余于象”，或可概括此诗的特点。

送元二使安西

渭城朝雨浥轻尘，
客舍青青柳色新。
劝君更尽一杯酒，
西出阳关无故人。

【题 解】

这是一首送朋友去西北边疆的别诗。创作年代不详，但应在公元755年安史之乱前。

在古代，交通、通讯不便，人们一旦分离，就很不容易相见。如果路途遥远，一次分离，可能就是永别了。所以古人非常重视送别。

安西，唐中央政府为统辖西域地区而设的安西都护府的简称，治所在龟兹城（今新疆库车）。诗人所送的这位姓元的友人，排行第二，故称“元二”，是奉朝廷的使命前往安西的。

送元二使安西 诗意图 戴敦邦 绘

句解

渭城朝雨浥轻尘，客舍青青柳色新

“渭城”，即秦都咸阳故城，在长安西北，渭水北岸。唐代从长安往西去的，多在渭城送别。“浥”，湿润。

善画风景的王维，在诗的一开篇，就描画出一幅清新明朗的图画——

早晨的一场细雨，刚刚润湿尘土就停了。天气清朗，从长安西去的大道显得洁净清爽。“浥”字用得很有分寸，显出这雨洗尘而不湿路，仿佛天从人愿，特意为远行的人安排的。

客舍，总是与羁旅相伴；柳，更是离别的象征（“柳”和“留”谐音，所以古人在离别时常常折柳相送，表示希望远行的人留下来）。“黯然消魂者，惟别而已”。但在王维的笔下，客舍和杨柳并未令人黯然消魂，反而因一场朝雨的洗涤显得明朗清新。平日里，尘土飞扬，路旁杨柳不免笼罩上灰蒙蒙的尘雾；一场朝雨，重新洗出了它那青翠的本色，让人感觉它变“新”了。又因柳色之“新”，更映照出“客舍青青”来。

朝雨过后，清新的空气、洁净的道路、青青的客舍、翠绿的杨柳，这一切，读来只觉风光如画。这样的环境让人留恋，然而，却要离别。在这样的环境下离别，人们该是一种怎样的心情呢？

这是一首七言绝句。绝句只有四句，诗人没有多余的篇幅去敷衍、渲染送行的场面。他只剪取了饯行酒宴即将结束时的一个场景：

劝君更尽一杯酒，西出阳关无故人

宴席已经进行了很长一段时间，满含别情的酒已经喝过多巡，殷勤告别的话已经重复过多次，朋友上路的时刻终于到了。主客双方的惜别之情在这一瞬间都到达了顶点。再干了这一杯吧，出了阳关，可就再也见不到老朋友了。诗人这句似乎脱口而出的劝酒辞，却浓缩着最强烈、最深挚的惜别之情。

阳关，在河西走廊最西头，从汉代以来一直是内地进入西域的通道。唐代国势强盛，内地与西域往来频繁。从军或出使阳关之外，在盛唐人心目中是令人向往的壮举。但当时阳关以西还是穷荒之地，王维就曾在另一首送别诗中写过“绝域阳关道，胡沙与塞尘。三春时有雁，万里少行人”。朋友“西出阳关”，虽是壮举，却又不免经历万里长途的跋涉，备尝独行穷荒的艰辛、寂寞。因此，这临行之际“劝君更尽一杯”的酒，是一杯浸透了诗人全部深挚情谊的琼浆。这里面，不仅有依依惜别的情谊，也包含着对朋友的担忧、关切，包含着前路珍重的殷勤祝愿。

临别依依，要说的话很多，但千言万语，一时竟不知从何说起。“劝君更尽一杯酒”，或许便是表达此刻千愁万绪的最好方式。不需要多说什么，诗人没有说出的，要比已经说出的丰富得多。和“每逢佳节倍思亲”一样，临别殷勤劝酒，是生活中常见之事，人们都非常熟悉，在王维之前却从没有人用诗句表达过。一经诗人说出，便使人们感到道出了自己想要说而未能说的肺腑之言，遂传为千古绝唱。明人李东阳说：“王摩诘‘阳关无故人’之句，盛唐以前所未道。此辞一出，一时传诵不足，至为三叠歌之。后之咏别者，千言万语，殆不能出其意之外。”清人赵翼评这两句“至今脍炙人口，皆是先得人心之所同然也”。

评解

历代留下的赠别送行诗歌不可胜计。这首诗描写的是一次最普通的离别，却成为了离别诗中最优秀的篇什。它没有特殊的背景，而自有深挚的情谊，写的是“人人眼中所见，人人心底所感，人人笔下所无”。

唐时此诗即被谱曲。因人们歌唱时，连续反复唱“西出阳关无故人”一句，所以被称为《阳关三叠》；因诗句以“渭城”开头，又称《渭城曲》。唐代很多诗人都曾在诗文中提及它，如刘禹锡“旧人惟有何戡在，更与殷勤唱渭城”，白居易“最忆阳关唱，珍珠一串歌”、“相逢且莫推辞醉，听唱阳关第四声”，李商隐“断肠声里听阳关”等等，足可见其传唱之久远，影响之广泛。

清人王士禛在其《唐人万首绝句选》中，将此诗奉为唐人七绝的压卷之作。

相 思

红豆生南国，
春来发几枝？
劝君多采撷，
此物最相思。

【题 解】

此诗创作年代不详，但可以肯定作于公元755年安史之乱前。

题曰“相思”，在古代，相思并不限于男女情爱的范畴，朋友之间也有“相思”之情，如相传为汉代李陵赠苏武的诗“行人难久留，各言长相思”。这首诗的另一个标题为《江上赠李龟年》，李龟年是唐代著名的宫廷乐师，也是诗人的多年好友。所以本诗所抒写的是朋友间的深切思念之情。

相思 诗意图 吕士荣 绘

句解

红豆生南国

“红豆”，顾名思义，它的果实鲜红浑圆，而且晶莹剔透，人们常常用它作装饰物。传说古代有一位女子，丈夫死在边疆，她知道消息后，在家乡他们分手的树下日日哭泣，泪尽而亡，化为红豆，于是人们又把红豆称作“相思子”。在古代诗歌中，诗人们常常用红豆寄托相思之意。

“南国”是红豆的生长地，也是朋友所在之地。简单平实的第一句，暗含着深意。接下来，便是诗人亲切的问语：

春来发几枝

诗人记挂着，春天到了，南国的红豆又新发了多少？诗人为何如此关心红豆？红豆不是无情物。借景抒情，寄情于物，是诗人们常用的手法。“君自故乡来，应知故乡事。来日绮窗前，寒梅著花未？”这是王维的另一首思乡之诗。诗人面对从家乡来的人，最急切想知道的是窗前寒梅开花了没有。这株寒梅已非自然之物，在诗人情思中，它已被提炼成故乡的象征，它代表着家乡美好的一切。同样，在这首诗中，红豆是赤诚友爱的象征。

劝君多采撷

诗人叮咛远在南国的友人，要多多地采摘些红豆。古代诗歌中常有采摘植物的描写。汉代有诗：“涉江采芙蓉，兰泽多芳草，采之欲遗谁？所思在远道。”这位诗人无尽怅然：我趟过江水去采摘芙蓉，却不知道该送给谁，因为我思念的人儿在远方。诗人在采摘植物，也在宣泄着自已的思念之情。而王维却缘何要友人多多采撷红豆呢？

此物最相思

只因红豆是最能表达相思之物。中国人常说，睹物思人。这“物”可能是他吃过的、穿过的，也可能是他看过的、听过的；可能是他喜欢的，也可能是他厌恶的。只要是与他有关系的，哪怕只有一丝关联，都能激起思念者敏感的神经。诗人所希望的，是友人每每看见这最能代表相思之意的红豆，就能想起正在相思的“我”、正在思念“你”的“我”。从诗人对朋友的深切叮咛中，我们看到了诗人自己深重的相思之意。正是诗人对朋友的满心思念，才使他希望朋友亦如此。用这种方式表露情怀，语意高妙，深挚动人。

宋人编的《万首唐人绝句》中，“劝君多采撷”的“多”字写作“休”字。

“休”是“不要”的意思，“不要”是因为“不愿”，“不敢”，“不忍”。因为相思，反怕相思，用“休”字说的是相思苦，哀婉低沉。而“多”字体现出的是执著、热烈与饱满，热情高昂。两个字，两种情愫，两种境界。唐人豪放，宋人巧思，这可能与时代风气有关。

评 解

王维善于从生活中拾取看似平常的素材，提炼朴素自然而典型的语言，来表达深厚、真挚的感情，往往意外有意，神韵悠长。这首《相思》就是如此。题为相思，句句不离红豆，满腹情思不曾直露，思念之情却充盈全诗。语言自然明快，却又委婉含蓄。

唐代绝句名篇经乐工谱曲而广为流传者为数甚多，王维的这首《相思》也是当时最受欢迎的歌词之一。相传安史之乱后，李龟年流落民间，在一次筵席上再度唱起了这首《相思》，还有王维的另一首《伊川歌》：“清风明月苦相思，荡子从戎十载余。征人去日殷勤嘱，归燕来时数附书。”唱罢，遂昏倒在地，四天后方苏醒过来。一番人事全非后，李龟年重新吟唱友人的诗作，自然难免对王维的一份相思之意，更多的，还是对他们共同经历过的开元、天宝盛世的无穷追忆与眷念。

辋川闲居赠裴秀才迪

寒山转苍翠，秋水日潺湲。
倚杖柴门外，临风听暮蝉。
渡头余落日，墟里上孤烟。
复值接舆醉，狂歌五柳前。

【题 解】

天宝元年(742)，王维离开终南山，出为左补阙。由此年至天宝十四年(755)安史之乱爆发，除一度丁母忧离职外，一直在长安为官，职位也从七品上的左补阙升迁到正五品上的给事中。然而，天宝时代，李林甫、杨国忠相继专权，朝政日趋腐败，诗人的进取之心和用世之志逐渐消减殆尽。

约在天宝三年（744)，王维在陕西蓝田辋川购得原属初唐诗人宋之问的别墅，从此经常在公余游息其中，过着亦官亦隐的生活。他写的与辋川有关的诗歌皆作于此期间。

辋川闲居赠裴秀才迪 诗意图　张纯桂 绘

裴迪，唐代诗人。《旧唐书 · 王维传》记载，维常常“与道友裴迪浮舟往来，弹琴赋诗，啸咏终日。”《新唐书 · 王维传》中也说：“别墅在辋川，地奇胜……与裴迪游其中，赋诗相酬为乐。”

句解

寒山转苍翠，秋水日潺湲

寒秋时节，山色变得越来越苍翠、暗绿；山间溪水却日复一日地潺潺作响。

开篇以“寒山”、“秋水”点明时令，寥寥十字，便勾勒出一幅有色彩、有声响、动静结合的画面。“转苍翠”，表示山色愈来愈深，愈来愈浓。山是静止的，用一“转”字，写出了色彩的流动，山活了起来。“日潺湲”，时时刻刻都在叮咚作响。水是流动的，用一“日”字，令人感觉出一种始终如一的守恒。

秋日的山景本是有些萧瑟的，但在诗人眼中，却孕育着惯常守一的生机。闲居辋川的诗人，悠然自得，内心一片宁静，已不再有平常人伤春悲秋的情怀。

倚杖柴门外，临风听暮蝉

日近黄昏，闲居的诗人不禁要出来走走。此时的他，人入暮年，拄杖立于柴门之外，侧耳聆听着暮蝉鸣叫，任由晚风习习吹过，意态是如此安详。在常人听来，蝉声不免单调而聒噪，可诗人却听得饶有兴致。所谓闲适，不正是如此吗？

渡头余落日，墟里上孤烟

黄昏中，诗人享受着大自然给予他的平静和安逸，将目光投向远处。只见渡头上，夕阳正要落入水中；村庄里，一股炊烟徐徐升起。

夕阳欲落，炊烟初升，这是田野黄昏的典型景象。玫瑰色的夕阳即将与清绿的水面相切，如丝的灰白色炊烟升入青色的天空——诗人“抓拍”的这两个镜头，将短暂的一瞬化作了永恒。

“墟里上孤烟”，系从陶渊明《归园田居》中“暧暧远人村，依依墟里烟”点化而来。陶句中的炊烟，萦绕在村落上方，似乎依依不舍，不忍离去。王维笔下的“孤烟”，是黄昏中升起的第一缕炊烟，悠然直上，显得轻松、洒脱。两诗读来，各有妙处。

寒山、秋水、落日、孤烟，加上临风听蝉的倚杖老人，构成了一幅和谐静谧的山水田园图。画在人眼中，人在画图中。一景一物，都经过了诗人主观的过滤，透出宁静、安逸、闲适的气息。

复值接舆醉，狂歌五柳前

“接舆”，春秋时代楚国狂士，《论语》中说他曾当面作歌嘲笑孔子，并拒绝与孔子交谈。“五柳”，陶渊明《五柳先生传》的主人公，“宅边有五柳，因以为号焉”，是一位忘怀得失，以诗酒自娱的隐士。诗人正欣赏着田园风光，醉酒的友人裴迪像接舆那样，狂歌着来到他面前。

诗人把醉酒狂歌的裴迪与接舆相比，是对这位年轻朋友的赞许。而五柳先生实则是陶渊明的自我写照，王维自比五柳，即是以陶渊明自况。王维一向仰慕被称为“古今隐逸诗人之宗”的陶渊明，他自己也确实像五柳先生那样，在辋川别墅周围种满了柳树。陶渊明和接舆——王维和裴迪，个性虽不尽相同，超然世外、淡泊宁静的心迹却是相近相亲的。

“复值接舆醉”的“复”字，不仅表示又一次见到裴迪，而且表示诗人欣喜的感情又加深了。秋日黄昏中，不但能欣赏到美景，更能遇到良朋，辋川闲居的乐趣就在于此。

评解

王维是诗人、画家，也是位音乐家。他曾被授予“太乐丞”之职，主管国家的音乐事宜。他将音乐的元素引入诗歌创作中，使他的许多作品成为了诗、画、乐的完美结合。这首诗便是如此。寒山、秋水，一动一静；落日、孤烟，一下一上；倚杖听蝉的老人、醉酒狂歌的朋友，一个悠闲，一个不羁；再配上山涧溪流的潺湲声，暮蝉的鸣叫声，醉酒人的狂歌声……这不仅是一幅令人神往的图画，更是一部有声有色的电影。

从格律上看，律诗的首联不要求对仗，这首诗的一二句却对仗工整；颔联要求对仗，这首诗三四句中的“柴门外”和“听暮蝉”却不成对。这是诗人为了表情达意的需要，改变形式，突破了格律的束缚。这种对仗法，古人称之为“偷春格”，意思是像梅花那样偷了春色，开在百花之先。李白的《送友人》、常建的《题破山寺后禅院》，也都是首联对仗、颔联不对仗的五言律诗名篇。

积雨辋川庄作

积雨空林烟火迟，蒸藜炊黍饷东菑。
漠漠水田飞白鹭，阴阴夏木啭黄鹂。
山中习静观朝槿，松下清斋折露葵。
野老与人争席罢，海鸥何事更相疑？

【题 解】

积雨，久雨。辋川庄，即王维在辋川的宅第。

在这首七律中，诗人把自己幽雅清淡的隐居生活与辋川恬静优美的田园风光结合起来，创造了一种情景交融、物我相惬的境界。

积雨辋川庄作 诗意图　孙文铎 绘

句解

积雨空林烟火迟，蒸藜炊黍饷东菑

“烟火”，炊烟。“迟”，表现炊烟在阴雨天不能直上天空，只能迂回飘移的形态。“藜”，一种植物，嫩叶可食。“黍”，黄米，是古代北方的主要粮食之一。“饷”，馈送。“菑”，本意为初耕的田地，这里泛指农田。

连日阴雨，山林空蒙静谧，炊烟从丛林上空缓缓升起，山中农家蒸好了藜菜、煮好了黍米，送到东面田头给劳作的家人。

一二句写田家生活。王维不仅是一位画家，更称得上一位灵活运用镜头的摄影家。他首先拍雨景，这是一个全景展现。再将镜头慢慢拉近，一个特写：炊烟徐徐飘升。然后，又将镜头拉远：山林中，有人在农家小屋里忙着烧火做饭；有人正走在山路上前去送饭；田地里，吃饭的农夫三三两两聚在一起；也有人还在田头继续劳作，等待送饭的家人……一切都显得那么自然，不紧不慢，井然有序。境由心生，这些都是心静的诗人静观所得。如果诗人不是怀着悠然的心境，看到的恐怕将是农夫们疲于奔忙的另一番景象吧。

漠漠水田飞白鹭，阴阴夏木啭黄鹂

“漠漠”，形容广漠无际。“阴阴”，幽暗貌。

广漠的水田上，白鹭翩翩起飞；夏日里浓荫密布的丛林中，黄鹂婉转地唱着歌。

三四句写自然景致。夏日雨中，水田里稻子生机勃勃，绿意盎然；山中林木在烟雨中苍翠欲滴；雪白的白鹭在稻田里飞起飞落，意态悠闲；金黄的黄鹂在树林中呼朋引伴，互相唱和。碧绿、雪白、浓翠、金黄，如此美的色彩搭配只能出自既是诗人又为画家的王维笔下。不仅如此，王维还为这美丽的画面配上了黄鹂动听的歌声，将雨中的辋川点染得更加生机盎然。这两句诗色彩明丽，画意浓郁，后世有人将之与杜甫的“两个黄鹂鸣翠柳，一行白鹭上青天”一道评为“极尽写物之工”。

农家生活无忧无虑，黄鹂、白鹭自由自在——诗人所描写的人物活动也好，自然景色也好，都不是对客观事物的简单摹拟，而是经过了诗人心灵的感应和过滤。这些在诗人欣赏的目光中欣然呈现的景致，与诗人悠闲自适的人生追求和审美情趣发生了强烈的共鸣，它们既是诗人置身其中的现实环境，更是诗人闲静淡泊的内心世界的外在表现。

对于“晚年惟好静，万事不关心”的诗人来说，身处于这世外桃源般的辋川山庄，真可谓得其所愿了。在这里，远离了尘世的烦扰，他可以悠然地欣赏雨后的山林，可以逍遥地做自己愿意做的一切事。

山中习静观朝槿，松下清斋折露葵

“朝槿”，即木槿，因其花朝开暮落，故称朝槿，古人常以它象征人生无常。“清斋”，吃素。“露葵”，一种野菜，霜露时最鲜美，故称露葵。

在幽静的山水之中，诗人静观木槿花自开自落，体悟人生之道，习养心性，在松树下采摘带露的绿葵，素食清斋，保持身心之净。在一般人看来，这样的生活未免太孤寂寡淡了。然而经历了人生风雨，早已厌倦尘世喧嚣的诗人，却从中领略到极大的兴味。比起那纷纷扰扰、尔虞我诈的名利场，这里怎一个“静”字了得！

野老与人争席罢，海鸥何事更相疑

“野老”，诗人自谓。“争席”，争夺座位。《庄子 · 杂篇 · 寓言》载，杨朱见老子，老子说他为人骄矜，没人能与他相处。杨朱很受启发，一改常态，变得十分平易近人。这之前，人们都主动给他让座，但这之后，人们不再对他敬而远之，而是不拘礼节地与他“争席”。“海鸥”，《列子 · 黄帝篇》载，海上有人与海鸥相亲近，互不猜疑。一天，父亲要他把海鸥捉回家来。他再到海滨时，海鸥便飞得远远的，不再靠近他。

诗的结尾连用两个典故，一为正用，一为反用，两相结合，抒写了诗人澹泊自然的心境：“我”早已去除机心俗念，悠悠然耽于山林之乐，与世无争，于人无碍，旁人也不必再猜忌“我”了。此刻的诗人，过着半官半隐的生活，虽并未彻底摆脱官场，但早没有了半点争名逐禄之心，所喜的，只是与山林、自然相亲，悠悠闲闲，无欲无求。大概当时还有人怀疑诗人机心未去，所以他才写下“海鸥何事更相疑”来表白自己的心迹吧。

评解

这首七律写山庄雨景和隐居情趣，形象鲜明，兴味深远，是王维田园山水诗的代表作之一。后世有人称“淡雅幽寂，莫过右丞《积雨》”，还有人将之推为唐诗七律的压卷之作。这样的评价不一定完全恰当，但也足见此诗清远、淡穆之风所产生的巨大影响。

全诗最为人推崇的是“漠漠水田飞白鹭，阴阴夏木啭黄鹂”两句。关于这两句，还有一段公案。唐人李肇因见李嘉祐集中有“水田飞白鹭，夏木啭黄鹂”的诗句，便讥笑王维“好取人文章嘉句”。明人胡应麟力辟其说：“摩诘盛唐，嘉祐中唐，安得前人预偷来者？此正嘉祐用摩诘诗。”根据史书记载，李嘉祐与王维同时而稍晚，谁袭用谁的诗句，很难判定。然而，从艺术上看，两人的诗句还是有高下的。宋人叶梦得说：“此两句好处，正在添‘漠漠’、‘阴阴’四字，此乃摩诘为嘉祐点化，以自见其妙。”清人沈德潜亦说：“本句之妙，全在‘漠漠’、‘阴阴’，去上二字，乃死句也。”细细读来，“漠漠”形容水田上水气迷濛无际，给人以浑茫旷远之感；“阴阴”形容林木经雨水滋润，更森密浓茂，给人以苍郁幽深之感。如此一来，画面更显开阔、深邃，渲染出了积雨天气空濛迷茫的色调和气氛。而且双字叠用，语调悠长，更添一种深远之意。难怪叶梦得要为此感慨：“诗下双字极难，须使七言五言之间，除去五字三字外，精神兴致，全见于两言，方为工妙。”

鹿柴

空山不见人，
但闻人语响。
返景入深林，
复照青苔上。

【题解】

鹿柴，王维辋川别业的胜景之一。辋川有胜景二十处，王维和他的好友裴迪逐处作诗歌咏，共得四十篇，编为《辋川集》。这首诗是王维二十首诗中的第五首。诗里描绘了鹿柴日落之时的景色。

鹿柴 诗意图　刘汝阳 绘

句解

空山不见人，但闻人语响

我们走进深山密林都有这样的经验：山中分明杳无人迹，却突然听到有人说话的声音，前后左右环视寻觅，又见不到一丝人影。诗的前两句，写的就是这种情境。能听到话语，人应在不远之处，然而竟不得见，可见山林之茂密幽深。

山越深，林越密，就越寂静。按常理，寂静的空山尽管“不见人”，却非一片死寂。瑟瑟风声，潺潺水响，啾啾鸟语，唧唧虫鸣，大自然的声音其实是非常丰富多彩的。然而，诗人让这些声音都消隐了，只是紧紧抓住偶尔传来的一阵人语声。在一切都杳无声息之中，这突然而至的“人语响”，显得格外清锐，似乎一下就打破了山中的寂静。可是，正如南朝王籍的诗所描绘的，“蝉噪林愈静，鸟鸣山更幽”，空谷传音，只会愈见空谷之空。这短暂的“响”，反衬出的是长久乃至永恒的空和寂。待人语响过，山林复归于静，而由于刚才的那一阵“响”，此时的空寂便会更加触人心目。

在如此寂静的山中，传入诗人耳朵的，是不知从何处而来的人语；映入诗人眼帘的，又是什么呢？

返景入深林，复照青苔上

“景”，日光，“返景”，夕阳返照的余晖。

深林本就幽暗，林间树下有青苔，更强调了其幽暗。夕阳斜斜地投进深林，又透过枝叶间的缝隙，照映到青苔上。初初读来，会觉得这一抹余晖，给幽暗的深林带来了一线光亮，给冷冷的青苔带来了一丝暖意。但稍加体会就会感到，实际恰与此相反。斜晖带来的那一小片光影，和大片的无边的幽暗所构成的强烈对比，反而使深林的幽暗更加突出。这就譬如作画，在大幅冷色的画面上掺进一点暖色，在四周冷色严严的包裹下，暖色只会显得微弱和孤立无援，绝不会改变整幅画的基调，而被衬托后的冷色，反而会带给人更深刻的感受。

评解

有人将诗歌称为“时间的艺术”，因为好诗总是撷取最富表现力的瞬间，通过艺术的点化，使之成为永恒。王维的这首《鹿柴》便是如此。诗人以他特有的敏感，把握住了“空山人语响”和“返景入深林”的一刹那间，营造出一种永恒的幽静空寂的意境。明李东阳《怀麓堂诗话》评曰：“淡而愈浓，近而愈远，可与知者道，难与俗人言。”

明人胡应麟和清人王士禛都曾说，王维《辋川集》诸诗“字字入禅”。此言虽或有夸张，但王维的山水诗的确常常透出一种“不著一字，尽得风流”的禅意，读来使人“身世两忘，万念皆寂”。因为王维是以一颗清净、虚空的心去观照自然，这使得他的这类诗中，虽然有声有色，有响有动，却始终是以寂静为旨归的。这种寂然的心境，自然与王维长期受佛教尤其禅宗思想影响有关。也正因如此，后人尊王维为“诗佛”。

对于这首诗中的“禅意”，今人李泽厚作过进一步的生发。他在评《鹿柴》和《辛夷坞》、《鸟鸣涧》三首诗时说：“一切都是动的。非常平凡，非常写实，但它所传达出来的意味，却是永恒的静，本体的静……这便是在‘动’中得到的‘静’，在实景中得到的虚境，在纷繁现象中获得的本体，在瞬刻的直感领域中获得的永恒。自然是多么美啊，它似乎与人世毫不相干，花开花落，鸟鸣春涧，然而就在这对自然的片刻感悟中，你却感到了那不朽者的存在……运动着的时空景象，都似乎只是为了呈现那不朽者——凝冻着的永恒。”或许，正是在诗中所描绘的那一瞬间，诗人再次顿悟到了生命的本质——那就是“永恒的静，本体的静”。

竹里馆

独坐幽篁里，
弹琴复长啸。
深林人不知，
明月来相照。

【题解】

这首诗是《辋川集》王维二十首诗中第十七首。竹里馆，辋川别墅的胜景之一，房屋周围有竹林，故名。

竹里馆 诗意图 华三川 绘

句解

独坐幽篁里，弹琴复长啸

“篁”，竹林。“幽篁”，出自屈原《山鬼》：“余处幽篁兮，终不见天。”

竹乃是品性高雅的象征。苏东坡就曾说：“宁可食无肉，不可居无竹。无肉使人瘦，无竹使人俗。”诗人独坐于其间的竹林，既非庾信《小园赋》所说的“三竿两竿之竹”，也非柳宗元《青水驿丛竹》诗所说的“檐下疏篁十二茎”，而是一片幽深、茂密的竹的世界。

诗人独坐幽篁，抚弄琴弦，一曲终了，情有不足，不禁掷琴而长啸。这样的情致，颇有些魏晋名士的味道。魏晋时，当世的七大名士嵇康、阮籍、山涛等人常常在竹林中喝酒、纵歌，史称“竹林七贤”。又据《晋书·阮籍传》记载，阮籍“嗜酒能啸，善弹琴”。正巧阮籍也有一首关于弹琴的诗：“夜中不能寐，起坐弹鸣琴。薄帷鉴明月，清风吹我襟。”

从诗中我们知道，阮籍的琴声，是因为夜不能寐，要借之来平息内心的烦躁、矛盾。他的啸声，也同样是为了要发泄心中抑郁之气。而王维的“弹琴复长啸”又是为何呢？诗人并不言及，只是继续写他在竹林中弹琴、长啸的情景。

深林人不知，明月来相照

幽深的竹林里，没有人知道诗人在干什么，只有一片明月，照映到他的身上。

弹琴也好，长啸也好，都是诗人独自所为，在这深山茂林之间，连声响也难以传出，自然不会有外人知晓。然而，随着时间不知不觉地推移，明月突然跃出，照亮了诗人独坐的丛篁，就仿佛一位知音，倾听着诗人的心曲。

夜中弹琴的阮籍，感受到清风为他吹解胸怀；独坐幽篁的王维，也同样感受到了大自然对他的深情慰藉。只不过此时的王维隐居山林，不问世俗，心境平和，比起阮诗的意境，这首《竹里馆》要静谧、悠然得多。

人不知而有日月知，此刻的诗人，脱略了俗世，却融入了自然，进入一种与自然同体、与大化同在的境界。

读罢全诗，一幅图画已赫然眼前：幽幽的竹林中，诗人独坐其间，远离尘世嘈杂，既赏幽篁美景，复得琴啸之乐，再有明月相伴，物我一体，浑如天籁。试问，若非心灵澄净之人，如何写得出这清幽澄静之景？若无恬淡脱俗之心，又何来这忘情绝俗之音？

评解

全诗总共四句，表面看来，平平无奇。诗中写景，只有六字："幽篁"、"深林"、"明月"。"幽"、"深"、"明"三个形容词，也普通寻常，毫无新意巧思可言，仿佛只是随手写了眼前景物，没费什么功夫去刻画、涂饰。诗中写人，也只有六字："独坐"、"弹琴"、"长啸"。既未绘其漫弹舒啸之状，也不见其喜怒哀乐之情，对琴音与啸声，亦没花任何笔墨来描状。

然而，这首小诗却历来受人推许。它的妙处在于，营造了一种令人自然而然心向神往的意境。诗中的月夜深林之景，如此清幽；弹琴长啸之人，如此超然。可以想见，诗人是在忘却世情、心灵澄净的状态下，与本就清幽澄净的竹林和明月悠然相会，而后命笔成篇的。诗人写这首诗，全是景之所至，情之所至，物与心会，意与景和。

从全诗的组合看，诗人以弹琴长啸反衬竹林的静寂，以明月的光影反衬深林的幽暗。似乎信手拈来，随意写去，却是静中有动，寂中有声，明暗映衬，独得其妙。

自然、平淡的语言风格，与此诗清幽绝俗的意境相辅相成，可谓从自然中见至味，从平淡中见高韵。

相传北宋词人秦观在汝南作官时久病不愈，朋友携王维的《辋川图》前来探望。秦观细细观看，"恍然若与摩诘入辋川"，心悦神愉，病竟不治而愈。一幅《辋川图》能有如此神效，这既有赖于画家的丹青妙笔，更主要的原因还在于王维《辋川集》诸诗所启示的动人遐想。正如宋人方回评价的，王维《辋川集》"虽各不过五言四句，穷幽入玄"。

山 居 秋 暝

空山新雨后，天气晚来秋。
明月松间照，清泉石上流。
竹喧归浣女，莲动下渔舟。
随意春芳歇，王孙自可留。

【题 解】

晚年的王维在蓝田辋川过着半官半隐的生活，《山居秋暝》是这一时期的代表作品。山居，山中居住的地方。暝，日落天黑。这首诗描写秋日黄昏山景。

秋，是中国古典诗词中的一个重要意象，这个意象往往和枯竭、衰败联系在一起，所谓“悲秋”。而王维的这首诗，挣脱了悲秋的传统视野，营造出了一种清新、明净的暮秋意境，别开生面。

山居秋暝 诗意图　汪国新 绘

句解

空山新雨后，天气晚来秋

雨后的空山分外清新，秋天的傍晚，天气格外的凉爽。

或许是受佛家“一切皆空”观念的影响，王维的诗中常常用“空”字：“夜静春山空”、“空山不见人”、“空翠湿人衣”……这些“空”，并非指虚，而是清、静之义。这里的“空山”也如此，不是空寂荒凉，而是表现雨后山野的幽静，是诗人对山的一种感觉。

初秋的傍晚，空旷的山谷，一阵淅淅沥沥的秋雨过去，一股清凉的秋风扑面而来。置身于这静谧的山中，俗世的喧嚣听不到了，官场的倾轧不相干了，连自身的种种欲望也都平息了。诗人因此感到轻松惬意，感到山雨过后，万物都为之一新。

在首联为全诗奠定下清新的基调后，诗人开始具体描绘山中的景致。

明月松间照，清泉石上流

天色已暝，却有初月当空；群芳已谢，却有青松如盖。雨后的松林显得格外苍翠，月光穿过枝叶的缝隙，在林间投下淡淡的影子；山泉也因一场秋雨变得更加清冽，白练似的流泻于山石之上——这一切，多么的清幽、明净！这两句写景如画，有声有色，却是随意挥洒，毫不着力。

月光如水，似乎将诗人的心灵也一并洗净了；山泉淙淙，似乎带走了诗人的一切烦恼。此时此刻，诗人已经完全沉浸于这静谧、幽远的山景之中。突然，不远处传来的喧闹声打断了他。

竹喧归浣女，莲动下渔舟

竹林里传来一阵阵欢声笑语，那是姑娘们洗罢衣服归来了；亭亭玉立的荷叶突然在水面晃动起来，原来是渔民的小船捕鱼归来扰动了它们。

日出而作，日落而息，山中人的生活总是保持着和大自然节奏的协调一致。朦胧的月色下，洗衣归来的姑娘三三两两，从竹林里袅袅而出；早出捕鱼的渔民划着小船，顺水而归。这景致本来寻常，但在诗人笔下，却因先有了“竹喧”、“莲动”，顿时变得灵动起来。这样的写法，先闻其声，再见其人，在人还没出现前，就已经让读的人有了无限遐想。而这两句诗的“动”，又与上两联的“空”、“静”相依相衬，于极静之中突然置入动态，使画面充满生机，读来更让人寻味。

结束了一天的劳作，人们的心情是那么轻松愉快：姑娘们说说笑笑，渔夫任小舟轻快地划过湖面。面对这些勤劳淳朴、无忧无虑的人，诗人不由心生欣羡。归隐山水，在自然的怀抱中平静、安然地生活，正是暮年诗人的追求。因此，诗人发出了这样的慨叹：

随意春芳歇，王孙自可留

春天的芬芳虽已消尽，但山中秋景亦佳，还是值得留下来细细品味的呀！

《楚辞·招隐士》说："王孙兮归来，山中兮不可久留！"诗人的体会却恰好相反。尽管春天的美景不再，但山中的秋景也别有味道，对此完全可以随意处之。自己还是留下来，静静体会这里平静的生活吧。"山中"可以远离官场尘俗，所以诗人决定要留在山林水间，在这"世外桃源"中保持内心的悠然、宁静。

评解

王维的山水田园诗，诗情画意相洽，把两晋南北朝以来描写自然山水的诗歌艺术提升到了一个新的高度，王维也因此成为盛唐山水田园诗派的代表作家。这首《山居秋暝》，是王维山水田园诗的代表作之一。

诗歌用"空山"、"明月"、"翠松"、"清泉"、"浣女"、"渔舟"等意象组成了一幅清新、宁静，富有山村生活气息的秋夜图，表达了诗人对远离尘俗、回归乡村质朴生活的向往。细细琢磨，体会其中的意境，会令人有一种心胸为之悠然清净的感觉。

全诗清新自然，不事工巧，近人高步瀛评曰："随意挥写，得大自在。"（《唐宋诗举要》卷四）

山 中

荆溪白石出，
天寒红叶稀。
山路元无雨，
空翠湿人衣。

【题 解】

这首小诗描绘了初冬时节山中景色。诗中所写的荆溪在蓝田，故此诗当作于王维居辋川期间。

山中 诗意图　张纯桂 绘

句解

荆溪白石出，天寒红叶稀

“荆溪”，本名长水，又称浐水，源出陕西蓝田县西南秦岭山中，北流至长安东北入灞水。诗里写的，大概是其穿行在山中的上游一段。

诗人到山中游玩，行走在山路上，路旁溪流弯弯曲曲，潺潺作响，似乎与人作伴。由于初冬时节雨水稀少，水位下降，山溪变成了涓涓细流，溪底的嶙嶙白石都露了出来。水清石白，显得特别清浅、明净。

诗人写山中冬景，首先点出“溪”与“石”，抓住了初冬山溪的主要特征。石从水中露出，水因石而作响，山中显得如此幽静而又不无生机。透过诗篇，我们似乎能看到溪水清莹澄澈之色，蜿蜒穿行之形，耳边也仿佛流淌着溪水潺潺、水石相击的声音。

天气转寒，秋天里绚烂的红叶已经凋谢得所剩无几了了，诗人却在山中意外地发现了几片。虽然稀少，比不得秋日的万山红遍，但这冬日里的几抹红，却并不让人觉得萧瑟、凄凉，反而让透着寒气的阴冷山林有几分温暖起来。在几片红叶随意的点缀下，初冬的山景既不至于过于荒冷落寞，也不显得繁缛华艳，清雅柔和，恰到好处。

诗人漫步山中，首先被溪水、白石和耀眼的红叶吸引。所以，诗的开头是两组特写镜头。随着诗人逐渐深入山中，对初冬之山的感觉越来越深，诗人转而展示山的全貌。

山路元无雨，空翠湿人衣

冬日的山林，带给诗人一种奇特的感受：山路上原本没有雨，但苍翠的山色却浓得润湿了人的衣裳。

冬天是万物凋零的季节，“翠”从何而来？原来冬令少雨，山色空明，山中苍松翠柏经过寒霜浸染后变得更为蓊郁葱茏。所以，山路四周有无边的浓翠。而“翠”又何以“空”？苍松翠柏是有形的实物，它们所营造出的苍翠山色却难以触摸，是流动的，弥漫的，空灵的。“空翠”的山色又怎能“湿人衣”？它们是那样的浓，浓得几乎可以溢出翠色的汁来，浓得几乎使整个空气里都充满了翠色的分子。人行于这样的“空翠”之中，就像被笼罩在一片翠雾里，整个身心都受到它的浸染、滋润。恍惚中，一阵微微的凉意袭来，仿佛是这无边的浓翠打湿了衣裳，所以尽管“山路元无雨”，诗人却感到“空翠湿人衣”了。

初入山中时，诗人还是一个客观的观察者，而此时，他已经迷茫在无边的“空翠”中。视觉、触觉、感觉的交互作用，使诗人觉得这满山的浓翠欲流欲滴，从而产生了这样一种似幻似真的感受。

同样写山中无雨而衣湿，张旭的《山中留客》写道：“纵使晴明无雨色，入云深处亦沾衣。”“沾衣”是实写，写的是云烟深处浓厚的云气能沾湿衣服；而王维“山路元无雨，空翠湿人衣”的“湿衣”却是幻觉，抒写的是浓翠的山色给人的诗意感受。两首诗一实一虚，各臻其妙。

评 解

苏东坡在《书摩诘蓝田烟雨图》中盛赞“味摩诘之诗，诗中有画”，就曾以此诗作为例证。读罢这短短二十字，的确使人有观赏山水画卷的感受。诗的前二句类似绘画的工笔摹绘，绘形生动逼真，着色明艳协调；后二句则类似泼墨渲染，以大笔染过一片空翠之色，使之在整个空间弥漫开去，形成一种迷蒙之色、无雨之雨，神韵、意境俱出。

和王维某些专写静谧境界而不免带有清冷、虚无色彩的诗歌相比，这一首小诗同样表现出了诗人的闲适和澹泊，但却多了几分生机，毫无萧瑟、枯寂之感。

山中送别

山中相送罢，
日暮掩柴扉。
春草明年绿，
王孙归不归？

【题解】

诗题“山中送别”，顾名思义，写的是诗人于山中送别友人。一般认为，此诗作于王维隐居辋川期间。

送别诗一般都侧重写送别的过程，如送别时的景色、宴饮，送别时的殷殷话别、依依不舍，等等。而这首诗另辟蹊径，直接从送别之后写起。

山中送别 诗意图　汪国新 绘

句解

山中相送罢，日暮掩柴扉

诗人在自己隐居的山中送别了友人，太阳西落时，他掩上柴门。

诗歌一开头，就告诉读者相送已罢，把送行时的话别场面、惜别情怀，用一个看似毫无感情色彩的“罢”字一笔带过。如此平淡，难道这场送别对诗人来说只是例行公事一般？

第二句又一下从白天送走友人，跳跃到傍晚关上柴门。在这段时间内，诗人做了什么、想过什么，诗里都没有说。诗人的内心，真的那么平静，没有生起一丝波澜？

有过离别体验的人都知道，行人将去的片刻固然令人依依不舍，但离别后的独处，才更令人黯然神伤。此时，独自一人的追怀、遥想，反复的体味、咀嚼，都使那份寂寞之感、怅惘之情，变得更加浓重，更加稠密。在这离愁别恨最难排遣的时刻，要写的东西也必定是千头万绪的。可是，诗人只轻轻描写了一个“掩柴扉”的举动。太阳西落，掩门闭户，这只是一个寻常得不能再寻常的动作，但却已经足以让我们浮想联翩：掩门之前，诗人是不是一直在思念友人？他是怎样打发漫漫白日的？白天终究还是相对热闹的，在继日暮而来的黑夜里，在周围一切都安静下来之后，诗人又将如何度过这漫漫长夜？

原来，诗人所有的不提不说，并不意味着是以平淡或者冷淡对待这场送别。送别虽罢，离情未罢，思念未罢，反而愈发沉重、绵长，无法排遣。“日暮掩柴扉”，是因为友人离去，孤寂无聊，再也没有往日“松风吹解带，山月照弹琴”那样的闲情逸致，也无心再去欣赏“明月松间照，清泉石上流”的山中晚景。独自掩门，无非是想让自己平静下来，静静地怀想，静静地沉思。

春草明年绿，王孙归不归

待到明年春天，青草就绿了，你还回来不回来呢？这是诗人掩门后的所思所想。《楚辞 · 招隐士》中有“王孙游兮不归，春草生兮萋萋”之句，感叹游子久去不归。诗人化用此句，可见直到日暮，他仍为离思所笼罩——虽然刚刚分手，已盼友人早日归来，又怕其久不归来了。

“王孙归不归”，本应是相别之际询问友人的话，却成了诗人独自思忖之辞。他对友人的深深思念，对早日重聚的急切期待，都包含在这一句问话中。诗人默默自问，却无法自答。

明人唐汝询在《唐诗解》中将此诗解为："扉掩于暮，居人之离思方深；草绿有时，友人之归期难必。"春草必定一年一绿，而友人的归来与否，却还有无数的未知和悬疑。想到这些，诗人大概要彻夜难眠了。

评解

王维五绝，极善于选取一种独特的情景片断，从一个特殊的角度，传情达意。此诗即为很好的代表。诗写送别，却并不直接写离别情态，而是将笔触直接伸向别后，以别后情景反衬惜别之意，构思非常巧妙。

全诗明白如话，看似平淡，却余味悠长，令人低回想象于无穷。诗人对友人的依依不舍与别后的无尽思念，不著半字，却见于言外，深厚、真挚，令人神远。

酬张少府

晚年惟好静，万事不关心。
自顾无长策，空知返旧林。
松风吹解带，山月照弹琴。
君问穷通理，渔歌入浦深。

【题解】

这首诗是诗人晚年居辋川时所作。题目冠以“酬”字，应是张少府先有诗相赠，王维再写此诗为酬。张少府，不详何人。少府，县尉的别称。

酬张少府 诗意图　马泉 绘

句解

晚年惟好静，万事不关心

诗人一上来就说，自己老了，只喜欢清静，对所有的事情都漠不关心了。

读到这儿，不由让人心生疑惑："少年识事浅，强学干名利"的王维，壮志踌躇、誓言"济人然后拂衣去，肯作徒尔一男儿"的王维，怀着满腔热血写过《陇西行》、《老将行》等诗篇的王维，何以会发出"万事不关心"的消极唱叹呢？由热衷进取到黯然思退，这种转变背后究竟隐藏着什么？

自顾无长策，空知返旧林

诗人自己的回答是，他自念没有什么治国安邦的良策，只好回到曾经居住过的山林。

事实果真如诗人所言吗？和自比"大鹏"的同时代诗人李白相比，王维要低调得多，他极少去张扬自己的政治才能。即便在写给张九龄以求汲引的诗中，也仅仅评价自己"任智诚则短，守仁固其优"，说自己才智并不足，却能坚守仁义之道，这样的自我评价可谓相当谦虚中肯。尽管如此，王维对自己的政治才能仍有着足够的自信。所谓"自顾无长策"，真实的含义在于，不是"我"没有治国安邦之策，而是"我"的"长策"不能为世所用。

开元末年，有"贤相"之誉的张九龄被李林甫取代后，朝廷政治局面日趋黑暗。尽管在李林甫当政期间，王维并未受到多少直接的排挤、迫害，官职反而还有所升迁，但他内心的矛盾却日益深重。在严酷的现实面前，他既不愿意同流合污，又深感自己无能为力。此时的大唐，早已不是王维此前曾盛情讴歌过的那个"圣代无隐者，英灵尽来归"的时代。出路何在？诗人最终选择了这样一条路：退居山林。

陶渊明曾有诗云："少无适俗韵，性本爱丘山。误落尘网中，一去三十年。羁鸟恋旧林，池鱼思故渊。开荒南野际，守拙归园田。"陶渊明将浑浊的官场比作尘世的大网，用旧林指代大自然，他认为只有在自然的山水田园中，才能保持心性的自由、平和。王维所要归返的"旧林"，也正是此意。然而，一个"空"字，又透露了诗人平静的外表下，隐隐作痛的心灵。一切都成空：曾经的追求梦想，曾经的豪情壮志。如今的自己，空空如也。

松风吹解带，山月照弹琴

退居山林的诗人，过着自由自在、悠然自得的生活：迎着松林吹来的清风，解开衣带敞开胸怀；在山间明月的照映下，独自一人弹琴抒怀。

此时，在诗人眼中，大自然的一景一物，都是那么的亲近可爱：松风有意，吹人解带；山月多情，照人弹琴。在大自然中，有松风、山月相伴，诗人没有丝毫的寂寞孤独，沉心于自得和闲适中。是啊，比起终日碌碌的官场生涯，这种解带自适、弹琴自娱的生活是多么令人舒心惬意！

松林、清风、明月、素琴，都含有高洁之意。诗人追求隐逸生活的闲情逸趣，也许是逃避现实、自我麻醉，但不管怎样，总比同流合污、随波逐流好。

君问穷通理，渔歌入浦深

“穷”，失意，不得志。“通”，仕途通达。

诗人对向他讨教的张少府说：您要问有关穷通的道理，我只有唱着渔歌乘着小舟，去向那河流深处。

得意与失意，入世与出世，是一篇大文章，也是古代士人最为关心的命题。孔子曾说“用之则行，舍之则藏”，又说“天下有道则见，无道则隐”。后代士人大多都遵循这一条路。而王维却对这一问题避而不答，只云“渔歌入浦深”。

“渔歌”，暗用《楚辞·渔父》的典故——屈原被流放，行至江畔，有渔父对他歌曰：“沧浪之水清兮，可以濯吾缨；沧浪之水浊兮，可以濯吾足。”水清，喻世昭明；水浊，喻世昏暗。渔父所唱的，也正是孔子所言的出处行藏之道。王维借用“渔歌”的典故，似乎在说：环境通明就出来做一番事业，环境险恶就放弃名利，归隐山林，豁达者无可无不可，又何必以穷通为怀呢？但联系上文，他似乎又在说：世事如此，还问什么穷通之理，不如像我一样归隐山林吧。

“渔歌入浦深”，指的正是辋川那一片“浮舟往来，弹琴赋诗，啸咏终日”（《旧唐书·王维传》）的悠闲自适的小天地。诗的结尾，淡淡勾出一幅画面，含意深婉，余味无穷。

评解

这首诗境界清幽，笔墨素淡，呈现出一种闲澹冷寂、悠然自得的情趣，表现了诗人晚年远离现实、恬淡好静、万事不问、随缘而安的生活态度，也流露出对黑暗政治的不满和内心的矛盾苦闷。

宋人张戒在《岁寒堂诗话》中说：“韦苏州诗，韵高而气清。王右丞诗，格老而味长。虽皆五言之宗匠，然互有得失，不无优劣。以标韵观之，右丞远不逮苏州。至于词不迫切，而味甚长，虽苏州亦所不及也。”且不论张戒评王维、韦庄的优劣是否准确，以“词不迫切，而味甚长”八字来评这首《酬张少府》，实在再准确不过了。

明人李沂对这首诗评价甚高，曰“意思闲畅，笔端高妙，此是右丞第一等诗，不当于一字一句求之。”

渭川田家

斜光照墟落，穷巷牛羊归。
野老念牧童，倚杖候荆扉。
雉雊麦苗秀，蚕眠桑叶稀。
田夫荷锄至，相见语依依。
即此羡闲逸，怅然吟式微。

【题解】

自古以来，中国就是一个农业大国。中国人对农业的无比重视，不仅源于农业生产是人们生活的基本保障，也源于中国人对乡村的一种天然亲近感。人们相信，乡村是最接近自然的地方，在宁静的乡村里，无论多么浮躁的心灵，都能够归于平静。王维的这首诗就是一篇乡村游记，创作时间待考。

渭川，即渭河，发源于甘肃，经陕西流入黄河。夕阳西下，夜幕将临，诗人在陕西乡村见到了一幅恬然自乐的农家晚归图，油然而生羡慕之情。诗的核心是一个“归”字。

渭川田家 诗意图　杜滋龄 绘

句解

斜光照墟落，穷巷牛羊归

傍晚的村庄笼罩在柔和的太阳余辉中，安详静谧。夜色降临，归家的牛羊却一点也不着急，慢慢地，慢慢地，仿佛走在没有尽头的小路上。

西斜的夕阳照着偏僻的村落，暮色苍苍，起句就给人宁静、祥和之感。诗人以此作为总背景，统摄全篇。紧接着，便一笔落在了“归”字上，描绘牛羊徐徐归村的情景。牛羊之归，虽是动态，却显得那么悠闲，那么安定。

“鸡栖于埘，日之夕矣，羊牛下来。君子于役，如之何勿思！”《诗经》中的这首诗描写的也是夕阳西下，牛羊回家。诗中的主人公是一位痴情的妻子，她呆呆地看着鸡回巢、牛羊归村，思念着远征的丈夫，触景伤情，发出了“如何才能不想你”的哀叹。王维也同样专注地目送着牛羊归村，直到它们消失在小巷的尽头。和那位妻子不同的是，此时的诗人看到了更为动人的情景：

野老念牧童，倚杖候荆扉

柴门外，一位慈祥的乡村老人拄着拐杖，正迎候着放牧归来的小孩。这位老爷爷真是太挂念小孙孙了。朴素的散发着泥土芬芳的深情感染了诗人，他似乎也分享到了牧童归家的乐趣。顿时间，他感到这田野里的一切生命，在这个黄昏时节，似乎都在思归，都要回家。不是吗——

雉雊麦苗秀，蚕眠桑叶稀

“雉”，野鸡。“雊”，雄雉鸣，也泛指雉鸣。“秀”，谷类抽穗开花。

吐穗的麦田里，传来野鸡阵阵啼鸣；桑树林的桑叶稀稀拉拉，那是因为蚕儿们吃饱了，开始吐丝作茧，营造自己的安乐窝。

在一天行将结束时，乡村的各种动物都已找到自己的归宿。那乡村的人呢？

田夫荷锄至，相见语依依

田野上，农夫们三三两两，扛着锄头归来。他们在田间小路上碰在一起，亲切地交谈着。辛勤的农夫们在这个时刻是最快乐的，不仅因为一天的辛劳结束，可以回家休息了，也是因为看到正在吐穗的麦苗，满怀着对丰收的希望吧。

同样写晚归，王维笔下的农夫是“相见语依依”，轻松快乐；陶渊明却是“晨兴理荒秽，带月荷锄归。道狭草木长，夕露沾我衣”。清晨就去除草的陶渊明，到了月亮升起才回家，走在田间小路上，衣服都被夜露打湿了。这种亲自耕作的辛劳、艰苦，王维自然没有体会。他眼中的乡村生活，只是一片淡泊无拘、恬然自乐，让他心向往之。

即此羡闲逸，怅然吟式微

《式微》是《诗经》里的一首诗，诗中反复咏叹："式微，式微，胡不归？"意思是：越来越坏，越来越坏，你为什么还不回来？

面对农夫们悠闲安逸的生活，诗人很是羡慕，然而，他只能满心惆怅地吟吟《式微》这首诗。

大唐开元二十五年（737），宰相张九龄被排挤出朝廷，朝政被李林甫把持。在李林甫担任宰相的十九年里，一个个正直、有才能的大臣遭到排斥，一批批钻营拍马的小人受到重用提拔。此时的王维，深感政治上失去依傍，进退两难。在这种心情下他来到田野乡村，看到不独农人，就连虫鸟亦自有所归，惟独自己处在彷徨迷茫中，怎能不既羡慕又惆怅呢？其实，农夫们的生活并不如诗人想象的那么闲逸。但诗人觉得和自己的官场生活相比，农夫们安然得多，自在得多。

"怅然吟式微"，诗人以此抒发自己急欲归隐田园的心情。这一句是全诗的灵魂。前面写了那么多的"归"，实际上是反衬，以人皆有所归，反衬自己独无所归；以人皆归得及时、惬意，反衬自己混迹官场的孤单、苦闷。

评解

全诗不事雕琢，纯用白描，写的虽是初夏傍晚极其寻常的乡村景色，却自然清新，诗意盎然。诗歌风格很近于陶渊明，但细读下来，却比陶诗来得精致。《汇编唐诗十集》曰："右丞妙于田家，此是其得意作。"

在人们的心中，乡村田园生活代表着安宁、自由、和谐，因此，归隐田园成为许多诗人的梦想追求，王维也是其中的一个。同田园诗的开山大师陶渊明一样，王维认为乡村是能放纵性情、返璞归真的地方。不过，陶渊明在《归园田居》等作品中所描写的"种豆南山下"、"相见无杂言，但道桑麻长"等躬耕自食、与山野农夫亲切交往的场景，在王维的诗中很少见。更大程度上，王维只是一位乡村生活的旁观者。

新晴野望

新晴原野旷，极目无氛垢。
郭门临渡头，村树连溪口。
白水明田外，碧峰出山后。
农月无闲人，倾家事南亩。

【题解】

诗题一作《新晴晚望》。全诗描绘初夏时节，雨过天晴，诗人眺望原野所见到的田园风光。创作时间不详。

新晴野望 诗意图　张纯桂 绘

句解

新晴原野旷，极目无氛垢

“极目”，穷尽目力。“氛垢”，尘雾。

雨过天晴，诗人站在高处，极目远眺，只见原野显得格外空旷开阔，空气清新，明净得一点儿尘埃都没有。

开篇两句，概写诗人“新晴野望”的感受：经过雨水的洗涤，空气显得格外清新明净，一尘不染；纵目四望，雨后的田野不仅开阔而且明亮，让人可以看到很远很远，仿佛可以把目光用尽似的。

诗人仅仅用了十个字，就牢牢抓住了雨后新晴的景物特征。读者也一下子被引进到这一特定的情境中去，随着诗人一起远眺。

郭门临渡头，村树连溪口

“郭门”，外城门，也泛指城门。

远处，村口的城门矗立在河边渡头旁，村里的树木紧紧相连，一直延伸到小溪边。中国古代的城市大都设有人工开掘的护城河，高高的城墙就紧靠着护城河。但也有一些靠着江河的城市，因地制宜，以天然的江河为护城河，形成了“郭门临渡头”的情形。诗中这个临水的村落便是如此。

一座临着溪水的山村，村子的门楼紧靠着渡口，村中绿树环抱，一直伸延到溪边。溪水的白，城门的灰，村树的绿，在阳光的普照下交相辉映。这是一片多么令人神往的景色！而在平时，是不可能看得如此清晰分明的。随着雨过天晴而变化的，还不止这些——

白水明田外，碧峰出山后

银白色的河水在麦田外闪动着粼粼波光，青碧的山峰在连绵的群山后傲然挺立。一场夏雨，改变了天空，改变了村庄，也改变了山和水。因为雨后水涨，晴日照映下，田野外的河水显得异常明亮；近处的山脊背后，平日模糊的远峰也清晰地显现出来，远近相衬，比平时更富层次。

这两句诗对仗工整，音韵优美，“明”、“出”二字用得尤其巧妙。“明”在这里是形容词用作动词，在雨后阳光的照耀下，溪水兀自明亮着，晃人眼目。与“明”相对应的“出”，将山峰拟人化了：远处碧色的峰峦，就仿佛一个个调皮的孩子，突然出现在群山的身后，让人惊奇。

读到这里，一幅绝妙的图画已经俨然眼前：开阔的原野，恬静的村庄，清亮的溪流，兀立的山峦，这些在雨水洗涤下为之一新的景象，错落有致地分布在画面上，有层次，有格局，有色彩，有明暗，意境清幽。然而，这样一幅画，虽然秀美，却总显得有些空旷，缺乏生机。于是，诗人在最后两句，给这幅静态画面加上了动态的人物：

农月无闲人，倾家事南亩

“南亩”，《诗经》有“今适南亩，或耘或耔”，指到南边的田地里耕耘播种，后来南亩便成为农田的代称。

初夏正是农忙季节，收割麦子、播种秧苗都在这个时候。而此时正值雨过天晴，农民们自然更要抓紧这有利的时机，倾家而出，到田地里劳作。农家人忙碌的身影，顿时给田野平添了无限生意。

这样的结尾，虚写一笔，却使整个画面都生动了起来。诗人笔下的田园风光，不仅景色秀美，而且有着浓郁的生活气息，充满诗情画意，一片祥和安乐。

评解

诗人对自然的敏锐感觉，使他看到了夏天最美丽的景色、最生动的场景。这首诗就像一幅水墨淡彩，它没有刻意雕琢，没有五彩纷呈，只是淡淡写来，自然朴素，却幽雅隽永，耐人寻味。从诗中，我们不难感受到诗人热爱自然、眷恋田园的情怀。纯乎写景，无一语言情，却又充满感情，这也是王维诗歌写景艺术的高超之处。

鸟鸣涧

人闲桂花落，
夜静春山空。
月出惊山鸟，
时鸣春涧中。

【题解】

这首诗是王维《皇甫岳云溪杂题五首》之一。皇甫岳，生平事迹不详，王维另作有《皇甫岳写真赞》，言其“烧丹药就，辟谷将成。云溪之下，法本无生。”云溪，地名，皇甫岳的住处。诗人为云溪之景所醉，连续写下了五首诗。

鸟鸣涧 诗意图 李鸣泉 绘

句解

人闲桂花落，夜静春山空

人闲着，感觉到桂花飘落。夜静悄悄的，春天的山林仿佛空空如也。

俗语说“八月桂花香”，关于这首诗中的桂花，颇有些分歧意见。一种解释认为桂花有春花、秋花、四季花等不同种类，此处所写的当是春日开花的一种。另一种意见认为文学作品并不一定要照搬生活，传说王维画的《袁安卧雪图》，在雪中还有碧绿的芭蕉，出现了现实生活中不可能同时出现的事物，所以此处桂花为秋花也不为错。但联系《皇甫岳云溪杂题五首》的其他四首来看，每一首均写一处风景，接近于风景写生，而不同于一般的写意画，因此诗中的桂花解释为山中此时实有的春桂为妥。

桂树枝繁叶茂，花瓣细小，花色淡黄或浅白。这样的花落，悄无声息，并不易发现。而诗人竟是如此的敏感，能在一片夜色中觉察到细微的桂花从枝上落下。这其中的原因，在于前面的“人闲”二字。“人闲”，是身闲，没有什么事务烦扰，更是心闲，内心闲静、安宁，没有任何杂念、挂碍。在静谧的山中，心静气闲的诗人才能对大自然的一呼一息、一颦一笑如此敏感。

显然，在夜间，诗人并不能看清桂花从枝头脱落、在空中飘零、最后着地的情态。他能捕捉到这种“落”，也许是花儿飘落在他衣襟上所引起的触觉，也许是听到了众多花儿离枝落地的那一点声响，也许是闻到了花瓣飘坠时所发出的一丝芬芳……

在这春山中，万籁都陶醉在夜的色调、夜的宁静里。因此，诗人感到山空了。这里的空不是空空荡荡，空无一物，而是一片空旷、空寂，一片静谧。可以想象，白天的“春山”会是另一幅模样：春和日丽、鸟语花香，时不时夹杂着人们的欢声笑语。而此时，夜深人静，山林也空闲了下来。随之而“闲”的，还有诗人的心境。“人闲”所以觉察到“夜静”，“夜静”才能意识到“山空”。诗人的心境和春山的气氛，是互相契合而又互相作用的。

随着时间的推移，月亮渐渐东升，爬上山崖，透过密林，洒下一片清辉。月光之皎洁明亮，使幽谷的景象顿时发生了变化。

月出惊山鸟，时鸣春涧中

月亮升起，使山鸟惊觉起来，时不时地在春天的山涧中鸣叫。

鸟惊，是由于它们已习惯于山谷的静默，连月出也带有新的刺激。但鸟虽

惊，却并不像曹操笔下的乌鹊“绕树三匝，无枝可依”。它们并不飞离春涧，甚至根本没有起飞，只是在林木间不时地发出一两声啼鸣，在春夜的涧谷中回响。

在静极的山林间，这啼鸣之声显得特别清脆而悠远。而这一两声清脆而悠远的鸟鸣，看似打破了夜的宁静，实则更加衬托出了深山的静谧与空幽。待到鸟鸣结束后，山中的宁静显得更加无边无际。这好比将一粒石子投入平静的水面，等到涟漪消失之后，水面会显得格外平静与深沉。

以动衬静，动静相生，是王维诗歌中常见的手法。诗中的花落、月出、鸟鸣，这些“动”，既使诗显得富有生机而不枯寂，又更加突出地显示了春涧的“静”。

评解

全诗以淡淡的笔墨，清淳的意趣，澹泊的韵味，渲染成一幅春山夜景的水墨小品，展现了一个远离尘嚣的幽静境界。在这一境界中，我们既可以体味到诗人心灵的空寂闲静和精神的超然出尘，又能感悟到情与景在诗中融为一体的浑然。沈德潜在《唐诗别裁集》中评论此诗“迥出常格之外，任后人摹仿不到。”

王维素有“诗佛”之称，他的很多诗都被认为是充满禅意的作品。也有人认为，这首诗中人的闲适，夜的静寂，山的空旷，鸟的鸣叫，而后的再次平静，反映了佛教虚幻寂灭的思想。但对大多数读者而言，这首诗的魅力还在于它清幽的意境和隽永的诗意。

过香积寺

不知香积寺，数里入云峰。
古木无人径，深山何处钟。
泉声咽危石，日色冷青松。
薄暮空潭曲，安禅制毒龙。

【题解】

此诗是王维后期作品，具体创作时间待考。香积寺，唐代佛寺名，故址在今陕西长安县，为中国佛教净土宗祖庭。香积是佛教传说中众香国的佛的名字。唐人游香积寺的诗文很多，以王维的这一首最为有名。

过香积寺 诗意图　陈惠冠 绘

句解

不知香积寺，数里入云峰

诗人去访香积寺，却不知道它究竟在哪里。穿行数里后，诗人进入了白云缭绕的山峰。

寻访香积寺，这是诗人向往已久，一时兴起，还是闻讯即往，率性而为？不管是何种情况，我们都能感受到诗人的自在洒脱。

茫茫的山林中，诗人举目四望，却只见白云迷漫，如何能辨出前往香积寺的道路？

古木无人径，深山何处钟

古树参天的丛林里，杳无人迹，也没有可供人行的小路。突然不知从何处飘来一阵钟声，在深山里回响。

在深山里听到钟声，往往就意味着佛寺已到。唐代僧人灵一《宿静林寺》诗言“山寺门前多古松，溪行欲到已闻钟”，说的正是此意。

在很多诗文里，写到佛寺也都写到了钟声。如周繇《登甘露寺》：“日暮疏钟起，声声彻广陵。”许浑《晚投慈恩寺呈俊上人》：“古庙阴风地，寒钟暮雨天。”张继《枫桥夜泊》：“姑苏城外寒山寺，夜半钟声到客船。”在这些诗中，钟声总是陪伴着寂寞、悲切，夕阳下、暮雨中、寒夜里，寥落的钟声把人们带到了清冷的佛门世界。

而对于此刻正在寻访香积寺的诗人而言，突然传来的钟声，带给他的更多是惊奇和欣喜。在白云缭绕的山中已经走了很久，山路上始终不见人迹，诗人难免有些迷茫。这时一阵钟声突然在耳边响起，虽然还不知是从何处发出的，但这意味着诗人所要寻访的香积寺就在附近。久寻忽得，诗人自然会欣喜了。

诗中的“何处”二字，看似寻常，却用得绝妙。正由于山高林密，才使人不知钟声从何处而来，这使本来就很寂静的山林又蒙上了一层迷茫、神秘的色彩。无人的小路、隐隐的钟声、参天的古树、叠嶂的群山，这一切告诉我们，诗人正身处于一个幽静偏远的方外世界。

泉声咽危石，日色冷青松

泉水在嶙峋的石岩间艰难地穿行，仿佛痛苦地发出幽咽之声；阳光穿过青翠浓密的松林，似乎变冷了许多。

这是诗人的所见、所闻、所感。“咽”、“冷”二字，用得非常传神。山中危石耸立，泉水受到阻挡，只能缓慢地、时断时续地流淌，发出的声音就像人的呜咽一般，细小、低沉。这样微弱的声音还能被人听见，更可见山之幽、之深。夕阳西下，昏黄的余晖涂抹在层层叠叠的松叶上，泛出一片青绿、幽暗的冷光，日色似乎也因而显得阴冷。可以想见，这里的松林是如何茂密幽深！听山泉听出幽咽之声，看落日看出幽冷之色，这正是诗人移情于物，创造了“有我之境”。

薄暮空潭曲，安禅制毒龙

诗的最后两句借用一则佛教典故：在西方一个水潭中，曾有一条毒龙，其性暴急，经常出来伤害人畜。佛门的高僧以无边的佛法制服了毒龙，使它离开了水潭，永不伤人。“潭曲”，指佛经中毒龙居住的宅窟。“安禅”，佛教术语，僧人坐禅时心神晏然入定。“毒龙”，佛经用以比喻人的妄念、邪惑。佛家认为，须通过禅的修习活动，使人心注一境，静虑澄心，生出破除妄惑的智慧，从而祛除内心的妄念，这即为“安禅制毒龙”。

所谓“空潭曲”，潭曲本是毒龙的住地，现在却空无所有，那是因为毒龙已被制服。黄昏时分，诗人突然体悟到禅理，所有欲望、邪念顿时消散云中，心灵也随之得到了超脱。

诗人在前面所写的寻访香积寺的一路风景，都是为了营造幽静空寂的意境。而营造这种意境，是为了抒写自己向往去除一切尘世烦忧，遏除妄念的心境。诗歌最后两句，正是诗人心迹的自然流露。

评解

王维的诗歌创作受到佛教和禅宗思想很深的影响。他的很多诗，都包含着深远的禅意，但往往都是禅在诗意中，禅在文字外，“不著一字，尽得风流”。而这首《过香积寺》则掺入禅语，直接阐述佛家思想，可视为一首佛理诗。历代有很多以佛入诗、以诗释佛的作品，但像此诗一样有影响者并不多见。其成功之处便在于，诗人将这种宗教的观念与感情真正化为了诗的语言、诗的意境。

清人赵殿成评曰：“此篇起句极超忽，谓初不知山中有寺也。迨深入云峰，于古木森丛人踪罕到之区，忽闻钟声，而始知之。四句一气盘旋，灭尽针线之迹，非自盛唐高手，未易多觏（觏，遇见）。‘泉声’二句，深山恒境，每每如此。下一‘咽’字，则幽静之状恍然；著一‘冷’字，则深僻之景若见，昔人所谓诗眼是矣。”